# ご隠居同心

## 女湯の喧嘩

永井義男

角川文庫
23864

目次

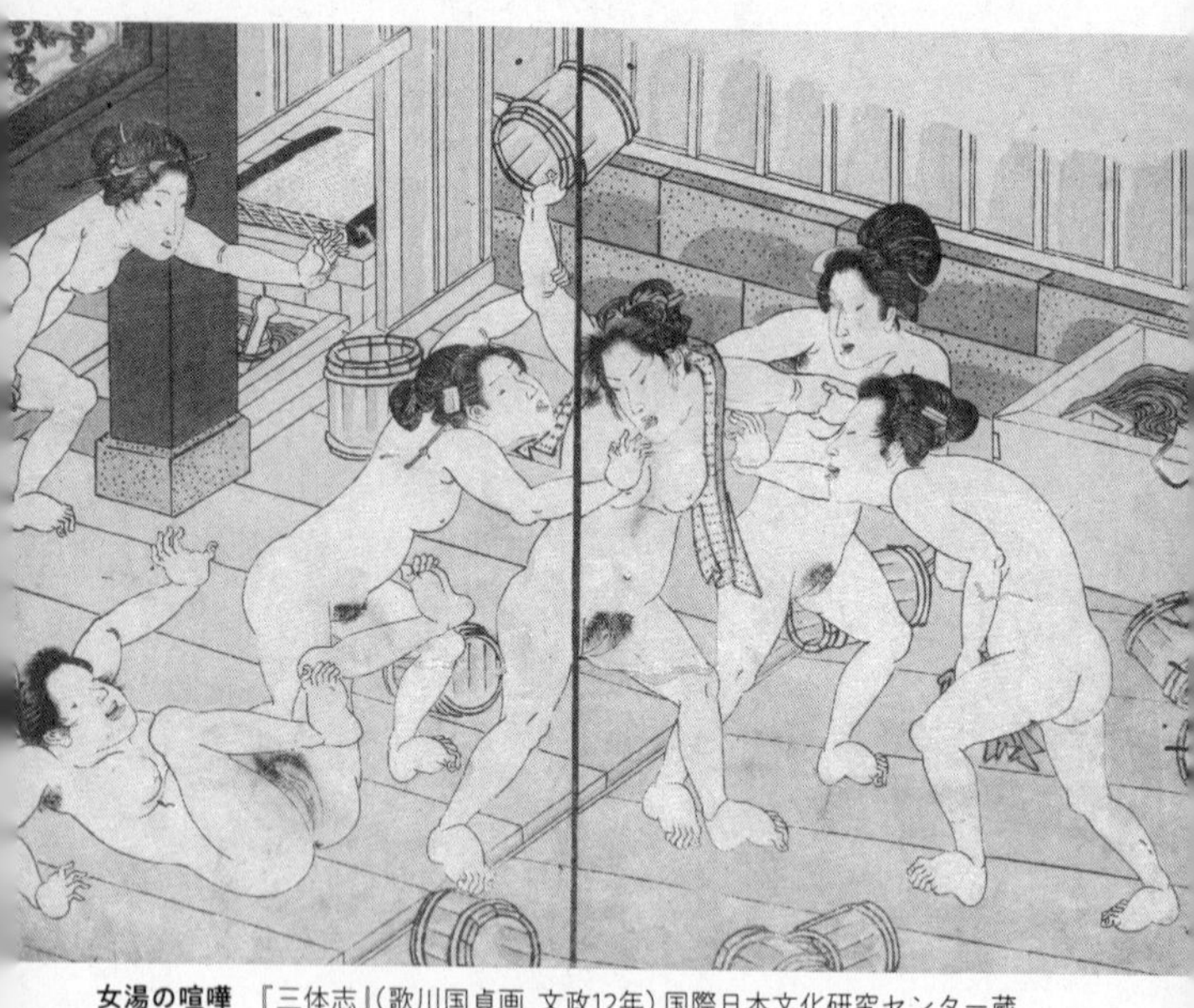

**女湯の喧嘩**　『三体志』（歌川国貞画　文政12年）国際日本文化研究センター蔵

**団子屋（左）唐辛子屋（右）**
『金儲花盛場』（十返舎一九著　文政13年）
国会図書館蔵

**呉服屋**
『坂東太郎強盗譚』
（式亭三馬著　文政8年）
国会図書館蔵

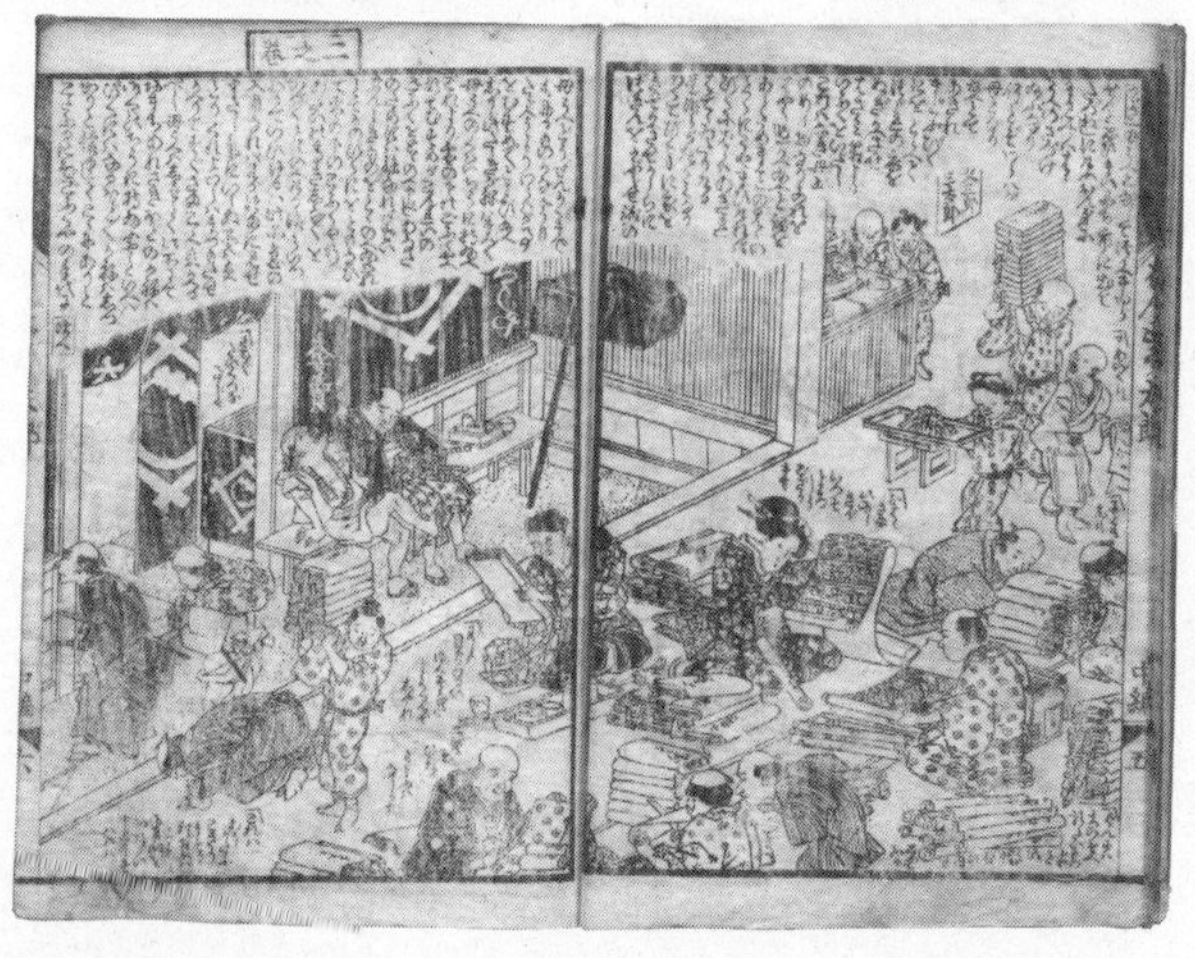

**獄門図**
『刑罪大秘録』(天保7年)
国会図書館蔵

**後家の髪型(右)**
『春色入船日記』
(歌川国盛二代画 嘉永期)
国際日本文化研究センター蔵

**長屋の台所**　『秋雨夜話』（まるのやかく子著 天保2年）国会図書館蔵

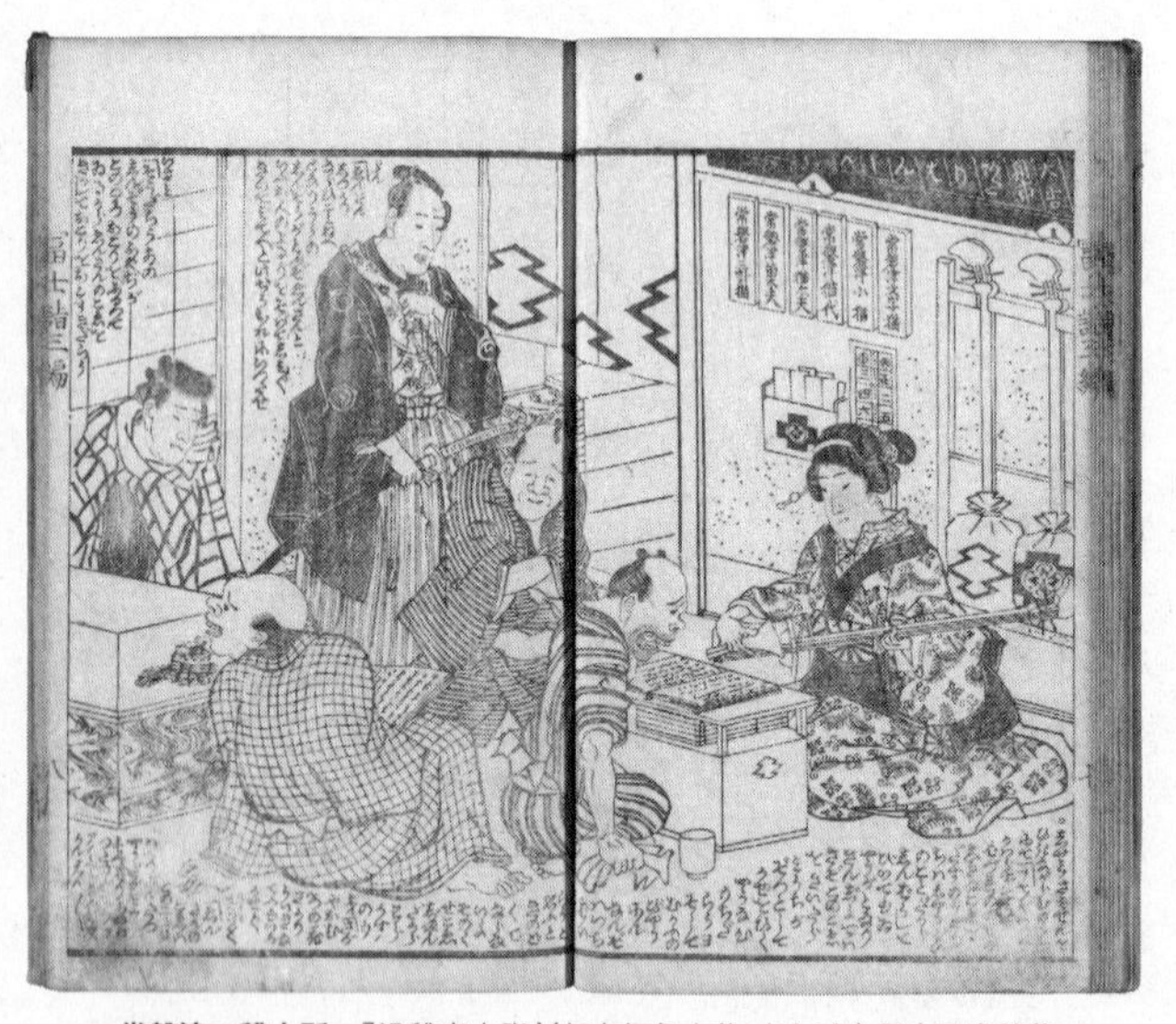

常磐津の稽古所　『滑稽富士詣』(仮名垣魯文著　文久1年) 国会図書館蔵

# 第一章　女湯の喧嘩

## （一）

町内の湯屋から戻ってきた下女のお亀の頬は、ほんのり上気していた。だが、頬が上気しているのは、湯上りのせいだけではなかったようだ。

土間から部屋にあがるなり、お亀は手にした手ぬぐいと糠袋を干すのも忘れ、興奮さめやらぬ口調で言った。

「ご隠居さま、湯屋で喧嘩がおきて、もう大変でしたよ」

「ほう、酔っ払った男が、ふんどしなしの素っ裸で相撲でも取っていたのか」

成島重行がおかしそうに問い返す。

お亀の声が一段と高くなった。

「男湯じゃありませんよ。女湯ですよ。女が桶で女を殴りつけ、もう大騒動でした」

「なんだ、女同士か」

重行もさすがに驚いた。

てっきり、男湯の騒ぎを聞き込んできたと思ったのだ。

江戸の湯屋はまだ混浴が少なくなかったが、ここ南茅場町(みなみかやばちょう)の吉乃湯(よしのゆ)は男湯と女湯に分かれていた。女湯でおきた喧嘩騒ぎなら、お亀は実際に目撃したことになろう。

「長屋のお乗(のり)さんは、知っていますか」

「ああ、人の顔さえ見れば、歯が浮くようなお世辞を言う婆ぁさんだな」

重行はサブロ長屋に入居して五、六日したころのことを思い出した――

その時、重行は剃髪(ていはつ)した頭に丸頭巾(まるずきん)をかぶり、黒の十徳(じっとく)を着て、白足袋に下駄(げた)という、いかにも隠居のいでたちで長屋の路地を歩いていた。

「あら、素敵なお頭巾」

突然、甘ったるい、妙にはしゃいだ声をかけられた。

重行は一瞬、なんのことかわからず、思わずあたりを見まわしたほどだった。

目の前に五十代の、小柄で痩(や)せた女がいた。

ようやく重行も、自分がかぶった丸頭巾が話題になっているとわかった。それにしても、当惑するしかない。

「はあ、それは、どうも。最近越してきた者で、隠居の重行といいます」

重行はとりあえず、ぎこちない挨拶をした。

女はすでに新しい入居者のことを、それなりに聞きまわっていたようだった。満面に笑みを浮かべ、媚びるように言った。

「ご隠居さんは、お武家だったのですか」

「ええ、まあ。しかし、いまはただの隠居です」

「あら、ご謙遜を。

じつは、あたしは昔、お武家屋敷にご奉公していたのですよ」

そう言うや、顔をやや傾け、大きな目で値踏みするように重行を注視している。

重行は、相手が質問を期待しているのだと感じた。

つまり、奉公先は大名屋敷なのか旗本屋敷なのか、さらに家名などを質問してほしいのであろう。逆から言えば、しゃべりたくてうずうずしているのに違いない。

だが、路地で立ち話をするような話題ではないため、

「ほう、そうでしたか。今後ともよろしく。

では、失礼しますぞ」

と、重行は軽く一礼して、歩き出した。

それが、お乗との最初の出会いだった。

その後も、路地で顔を会わせるたび、お乗は愛想よく、

「あら、素敵なお煙草入れ」

などと、目に付いた持物をほめてくる。

当初、お乗は自分に特別な関心があるのだろうかと、重行もやや訝しかった。だが、すぐに、お乗が誰にでも同様な声をかけているのがわかった。

そんなこともあり、重行はお乗をやや敬遠する気分が強かった。また、長屋の住人の多くにも、やはり敬遠している様子が見て取れた——

「へい、お乗さんは、ちょいとほめさえすれば、相手が喜ぶと思っているみたいですけどね。あたしなんかも井戸端で、この継の当たった前垂を大げさに『素敵な色〜』と言われて、何だか小馬鹿にされているような気がしましたよ」

お亀が顔をしかめた。

重行が話題を戻す。

「すまぬ、話の腰を折ってしまったようだな。女湯で騒動が起きたということだったが、どうだったのか」

「へい、吉乃湯の女湯ですよ。

お乗さんが湯船から出て、桶に陸湯（おかゆ）をもらい、洗い場で体を洗おうとしていたのです。そこに、唐辛子屋の、お鉄（てつ）ちゃんとお糸（いと）ちゃんの姉妹がやってきたのです。湯船も混んでいたのですが、洗い場も混んでいましてね。

妹のお糸ちゃんが、お乗さんの桶をひょいとまたいだのです。お糸ちゃんは十五歳ですからね。まあ、悪気はなかったのだと思いますけど。

すると、お乗さんが怒鳴りましてね。

『てめえ、人の体をまたぐとは何事だ』

このとき、お糸ちゃんがすぐに謝っていれば、それですんだのでしょうが、姉のお鉄ちゃんがいっしょなのもあって気が強くなっていたのか、言い返したのです。

『べつに体をまたいだわけじゃない。たかが桶じゃないか』

『なに、その言い草はなんだ。年長者を馬鹿にする気か。このあまっちょが』

『ふん、あたしがあまっちょなら、おめえは婆（ばば）っちょだ』

『口先だけ達者な、無学のやからめ。てめえ、ろくに字の読み書きもできまいよ。自分の名も書けないのじゃねえのか。この、馬鹿娘どもが』

お乗さんは顔が真っ赤になり、目がギラギラ光っていましてね。

そこで、姉のお鉄さんが割って入り、

『そんなに、いきりたちなさんな。こんなに混み合ってるんだ、お互い様だろうよ』

と、お糸さんの加勢をしたのです。

ところが、お乗さんはふたりを前にしても、ひるむどころか、ますます怒り狂って、

『あたしはね、お武家屋敷でご奉公していたんだ。てめえらのような行儀作法も知らない、げすな町人の小娘とは違うぞ。たかが唐辛子屋の小娘のくせに、大きな面をするな。

てめえなんぞ、出戻り女じゃねえか』

と、お鉄さんをののしったのです。

お鉄さんは二十歳くらいですかね、離縁されて実家に戻っているそうでしてね。

さすがにお鉄さんとお糸さんはカッとなって、

『言わせておけば、この婆ぁ』

『てめえの世話にはならねえや』

と言いながら、ふたりがかりで小桶で叩きのめしたのです。

ボコン、ボコンと音がしましたよ。

そこに、番頭さんがあわてて番台から飛んできて、あいだに割って入り、

『まあ、まあ』

と、ようやく引き離しましてね」

「ほぉ、それで、どうなったのか」

「番頭さんがお乗さんをなだめすかして、

『とにかく、今日は、もう帰った方がいいですな』

と、ようよう送り出したのです。

お乗さんは、お鉄さんとお糸さんをののしり、番頭さんにも八つ当たりしながら帰っていきました。まあ、それで騒ぎはおさまったのですがね」

「ほう、そうだったのか」

あっけない幕切れである。

しかし、重行にはなんとなく、女湯の騒ぎはこのままでは収まりそうもない予感があった。

＊

お亀の話に触発されたわけではないのだが、重行は湯屋に行くことにした。湯上りには髪結床に寄り、頭とひげを剃ってもらうつもりである。というのも、髪の毛とひげが気になっていたのだ。

重行は隠居としての号で、本名は成島外記である。

二十代の前半に成島家の家督を継ぎ、南町奉行所の同心となった。とはいえ、内勤の、いわば文書係であり、犯罪の捜査や尋問、犯人の捕縛など、外廻り同心の職務とはまったく無縁だった。

しかし、いつの日か外廻り同心に転任できるのを期待して、戸田流の道場に通い続けた。そして、表芸の剣術はもちろん、とくに裏芸の秘武器である分銅鎖に習熟した。ところが、表芸も裏芸も、同心のときに用いる機会はなかった。内勤の同心のままだったのだ。

重行と名乗って隠居するに際し、八丁堀の屋敷を出て、町家の裏長屋暮らしをえらんだ。すでに妻が死去していたこともあるが、なにより江戸市中や郊外を勝手気ままに歩く生活をしたかったのだ。奉行所内の一室で、ひたすら文書と向き合ってきた日々の反動と言おうか。

当然、息子夫婦は父親が屋敷を出ることに反対したが、重行は押し切った。以来、南茅場町のサブロ長屋で、家事をする下女ひとりを置いて、気ままな暮らしをしていたのだ。

隠居を契機に重行は剃髪したが、そのとき、もう髷や月代に気を遣わなくてよいのかと思うと、言いようのない解放感を味わったものだった。

（だが、頭を丸めたら丸めたで、髪の毛が切株のようなのも、無精ひげも、むさくるしいな）

重行はひとり笑いながら路地を歩いた。

右手に、お乗の住まいがある。

二階建ての長屋で、一軒の間口は二間（約三・六メートル）、奥行は三間（約五・五メートル）で、重行の住まいと間取りは同じである。ここに、お乗は息子夫婦と同居していた。息子夫婦には三、四歳の女の子がいる。

明り採りのため、入口の腰高障子は開け放たれている。重行はちらと横目で見たが、とくに家の中に変わった様子はないようだった。

お亀の話によると、お乗は湯屋からひとりで歩いて家に帰ったようである。ふたりに桶で殴られたとはいえ、怪我をするほどではなかったのであろう。しょせん、女同士のいさかいということだろうか。

（男同士の喧嘩なら、様相は変わっていたろうな。ふたりがかりで、ひとりを袋叩

きにしたとなれば、怪我はまぬかれまい。それこそ、医者よ、薬よという騒ぎになろう）

木戸門をくぐって、重行は表の通りに出た。

歩いていると、香ばしい匂いが道にただよっているのに気づいた。

見ると、団子屋だった。

手ぬぐいで頭を姉さん被りにした女が、店先に置いた炭火で、串に刺した団子を焼いている。

店先の床几に、首から風呂敷包をからげたままの少年が腰をおろし、団子を頰張っていた。商家の丁稚であろう。

住込みである丁稚は最低限の衣食住こそ保証されているが、無給である。そのため、自由に使える金はなかった。

しかし、使いに行くと、先方がいくばくかの駄賃を渡すことが多い。そうした小銭を貯めておいて、やはり使いで外出した機会に、こうして買い食いをするのだ。

いわば店の主人や番頭などの目を盗んだ買い食いであり、それだけにひとしお美味なのかもしれない。いかにもおいしそうに団子を頰張っている丁稚の顔を見ると、重行も思わず笑みが浮かぶ。

団子屋の隣が唐辛子屋だった。

(ああ、ここだな)

日ごろは、とくに気にもせず、店の前を通り過ぎていた。今日、改めてまじまじとながめる。

店先に置かれた畳一枚くらいの台の上には、小箱が並べられ、それぞれに唐辛子や胡麻などが入っていた。

主人らしき初老の男が、客を相手に口上を述べている。

「まず、第一に用いまするは胡麻。胡麻は精根気を増し、髪の毛の艶を出すとあって、これを加う。次に用いまするは東京の肉桂。肉桂は腹を温めて食気を増すとあって、これを加う。次に用いまするは山椒。山椒は口中を涼しうして悪気を消すとあって、これを一味加う」

まさに立て板に水を流すような、流暢な口調で七味の効能を説明しながら、片手に持った匙で小箱の中の肉桂や山椒をすくって調合し、もう一方の手に持った紙袋に詰めていく。

重行はついそばに立ち、その口上に聞き入っていた。

主人が気づいて言った。

「七味がよろしいですか、一味がよろしいですか」

「うむ、これから湯にいくのでな、帰りに寄ろう」

べつに言い逃れではなかった。

重行は本当に七味唐辛子を買うつもりである。お亀に渡すと、なんと言うだろうか。

「へい、お待ちしております」

主人は愛想よく言った。

(この男が、お鉄とお糸の父親なのであろうか)

如才ない商人と、老婆をふたりがかりで殴りつけた姉妹とは、やや結びつかない気がする。しかし、商売のときの顔と父親のときの顔は違うのかもしれない。

ともあれ、妹のお糸は十五歳というから、来年には嫁に行くであろう。離縁されて実家に戻った姉のお鉄も、そのうち再婚するかもしれない。

庶民はもちろん、武士でも下級武士のあいだでは、離縁や再婚はごくありふれたことだった――

そんなことを考えながら、重行は湯屋に向かった。

（二）

朝食を終え、下女のお亀が膳(ぜん)を片付けた。

しとしとと雨が降り続いており、成島重行も外出をためらっていた。

「ちょいと、ごめんなせえ」

路地から家の中をのぞき込むようにして、三十前くらいの男が声をかけてきた。

お亀は重行の耳元に、

「お乗さんの倅(せがれ)ですよ」

と、素早くささやくや、上がり框(がまち)に出て行った。

「へい、なんでございましょう」

「へい、あっしは屋根屋の吉五郎(きちごろう)と申しやすがね、こちらのご隠居さんにちょいと、お願いがありやして」

そう言いながら、吉五郎は土間に入ってきた。

重行は路地で見かけた顔だと思った。

広袖(ひろそで)に三尺帯を締め、素足に下駄(げた)履(ば)きである。顔は日焼けが目立ち、背は高くないが、たくましい体つきをしていた。いかにも出職の職人を思わせる。

屋根屋と自己紹介していたので、柿葺の職人であろう。屋根に登り、竹釘で板を打ち付けていく職人である。武家屋敷や神社仏閣、商家でも大店は瓦葺だったが、小さな商家や裏長屋はみな柿葺の板屋根だった。

朝から雨なので、吉五郎は仕事は休みなのかもしれない。

重行が勧めた。

「そんなところに立っていないで、上がるがいい」

「へい、では、ごめんなせえ」

吉五郎は上がってくるや、重行の前にあぐらをかいた。

まだ煙草盆が出てもいないのに、吉五郎は煙管を取り出している。

「ご隠居さんは、お奉行所のお役人だったそうですね」

「それは昔のことでな。いまは、長屋のただの隠居だ」

「お奉行所に訴え書を差し出したいのですよ。訴え書の書き方は知っていますか」

「うむ、書式や用語はおおよそ知っておるがな。しかし、奉行所に訴えるとは、穏やかではないな」

「いえね、あっしも今回ばかりは腹に据えかねましてね」

「いったい、どうしたのか」

「内のお袋が湯屋で、ふたり組の莫連女に袋叩きになり、体を壊して寝込んじまったんですよ。町内の吉乃湯ですが、ご隠居さん、耳にしていませんか」

「ああ、そういえば、女湯で喧嘩騒ぎがあったとか、聞いたな」

　重行はお亀から詳細に聞かされていたのだが、とぼけて答える。

　ようやく、お亀が茶と煙草盆を出した。

　吉五郎は煙草盆を前にしても、煙草に火をつける様子はなく、煙管で調子を取るようにしてしゃべり始めた。

「喧嘩じゃねえんですよ。乱暴狼藉ってやつでしてね。ご隠居さん、聞いてくださいな。

　昨日、お袋が洗い場で体を洗っていると、唐辛子屋の莫連娘のふたり連れがずかずか入ってきたそうでしてね。よく下も見ずに歩くものだから、お袋の小桶を蹴っ飛ばしそうになったのですよ。

　思わずお袋も、

『危ないよ。よく見て歩きな』

　と注意したそうです。

するってえと、莫連どもは謝るどころか、

『人の通るようなところに小桶なんぞ、置くんじゃないよ』

『人を転ばすつもりか』

と、逆に喰ってかかって来たそうでしてね。

お袋は愛想のいい、人付き合いもいい女なんですが、さすがにムッとして言い返したのです。

『こんなに混んでいるんだ。たくさんの人の前で、大声で怒鳴るんじゃないよ』

すると、姉と妹が、

『なんだ、婆ぁ、えらそうに』

『あたしらに説教する気か』

と、てんでに洗い場にあった小桶を手に取り、ふたりがかりでお袋を滅多打ちにしたのですよ。

もちろん、お袋は一方的に殴られっぱなしです。あのまま放っておいたら、お袋は大怪我をしていたかもしれません。打ち所が悪ければ、死んでいたかもしれません。なにせ、ふたりがかりですからね。

そこに番頭が飛んできて、ふたりを取り押さえたのです。

お袋としては言いたいことはたくさんあったでしょうが、吉乃湯に迷惑をかけてはいけないと思って、そのまま帰ってきたそうです。ところが、家にたどり着いた途端、張り詰めていた気がゆるんだのか倒れて、寝込んでしまいましてね。嬶ぁがびっくりして介抱しているところに、あっしが普請場から帰ってきて、わけを聞いたわけです」

吉五郎の話が一段落した。

さすがに喉が渇いたのか、茶碗に手をのばす。

豆腐の行商人が路地に入ってきたが、心なしか隣のお幸・お恵の家の前で歩みがゆっくりとなった。呼び止められるのを期待しているようだ。

「豆腐屋さん」

お恵が声をかける。

豆腐屋の期待はかなったようだ。

重行は茶を飲みながら、ちらと横目でお亀を見た。

台所仕事をしていたが、全身を耳にして聞き入っているようだ。顔に妙な表情が浮かんでいる。「あたしは、そばで見ていたんだよ」と言いたいのかもしれない。

吉五郎が茶を飲み終え、また話し出した。

「お袋からいきさつを聞かされ、あっしは腸が煮えくり返ると言いましょうか。あまり腹が立ったので、唐辛子屋に怒鳴り込んだのです。

娘はお鉄とお糸というのですが、ふたりにお袋に手をついて謝らせようと思いましてね。

ところが、唐辛子屋の亭主は、

『娘から聞いておりますが、まあ、売り言葉に買い言葉で、お互い様ではないでしょうか』

と、能天気な返答です。

あっしが亭主と押し問答をしていると、奥からお鉄とお糸が出てきました。そして、まくしたてるじゃありませんか。

『あたしらを、たかが唐辛子屋の小娘と言って馬鹿にしたんだよ』

『あたしらがたかが唐辛子屋の小娘なら、そっちはたかが屋根屋の婆ぁじゃないか』

『喧嘩両成敗は知っているだろう』

『じゃあ、あたしらは手をついて謝ってやるよ。その代わり、お乗婆ぁには土下座して謝らせな』

もう、話にも何もなりやせんや。

口の達者な連中で、あっしが一言うと、十くらい返ってくるんですから。

もう、とても話し合いは無理なので、あっしは家に帰ったのですがね」

「なるほど」

重行は相槌を打ちながら、「湯屋の段」にくらべ「唐辛子屋の段」が妙に短いなと感じた。やや不自然である。

要するに、吉五郎はふたりに散々に言い負かされ、ほうほうの体で逃げ帰ったのであろう。自分としては恥であり、あまりくわしくは言いたくないのかもしれない。

重行はお鉄・お糸の姉妹が吉五郎に向かって啖呵を切っているところを想像し、つい笑いそうになったが、ぐっとこらえて無表情をたもつ。

「家に帰ってから考えたのですが、あのふたりをこのままのさばらせておくのは、世のため人のためにはなりません。かといって、まともな話し合いができる連中じゃありませんからね。

そこで、お袋とも相談して、お奉行所に訴えようと思いましてね。お鉄とお糸をお奉行所に呼び出してもらい、ふたりにギャフンと言わせようというわけです。

あのふたりも、お奉行さまに対しては口ごたえはできないでしょうからね」

「お鉄・お糸の姉妹が、年老いたお乗どのに無体な乱暴を働いたとして、訴えるわけか」

「へい、まさにそうなんで。『無体な乱暴』はいい言葉ですな。さすが、ご隠居、すぐに訴え書ができそうじゃないですか」

吉五郎が身を乗り出した。

重行はつい、「そなたの母親のお乗は常々、武家屋敷に奉公していたことを自慢しているくらいだから、奉行所の訴状くらいすらすらと書けるだろうよ」と言いたくなった。だが、さすがにここで皮肉を述べるのは思いとどまった。

吉五郎がここぞとばかり、たたみかけてくる。

「お袋が乱暴されたことを書いて、ご隠居、訴え書を作ってくださいな」

「そなたは奉行所に訴えると簡単に言うがな、多くの人を巻き込む結果になるのがわかっているのか。裁判沙汰になると、とくに大家の三郎兵衛どのは大変だぞ。

わしは、このサブロ長屋の店子にすぎん。店子の分際で、大家をないがしろにして奉行所への訴え書を書くなど、できるはずがなかろう。

まず、大家の三郎兵衛どのに相談すべきじゃな。そもそも、大家を飛び越えてわしのところに来るのが間違っておる」

なかば叱り付けるように、重行が諫める。

吉五郎は不満そうに、

「そうですか。大家さんですかぁ」

と言いながら、なかなか腰を上げようとしない。

そこに、隣のお恵が鍋を持って現れた。襷をして袖をまくり上げ、前垂をして、甲斐甲斐しい姿である。

「お亀さん、へっついに火はまだ残ってるかい」

「まだ、種火は残してるよ」

「じゃあ、この鍋を煮立てておくれ。大根と油揚の煮付けだよ。薪は内から持ってきていいからね」

重行が声をかける。

「ほう、そなたも料理を作るのか」

「いえ、味付けはおっ母さんです。あたしは、鍋を持ってお亀さんに頼みに来ただけ」

お恵はけろりとしている。

左隣に住むお幸・お恵の母娘は最近、総菜屋をはじめた。

さいわい二階建て長屋なので、二階をふたりの住居にして、一階は店舗である。

母親のお幸がもっぱら各種の総菜を作っているが、長屋の台所に備え付けのへっついではとても多数の煮炊きはできない。そこで、隣の重行宅のへっついも頼るようになったのだ。

お幸に、「お亀さんの助けを借りたい」と言われたとき、重行はこころよく了解したが、「できる範囲でかまわぬが、それなりに手間賃を払ってやってほしい」と頼んだ。

というのも、お亀にはたったひとりの孫がいる。商家で丁稚奉公しているが、用事で外出した際、祖母の顔を見に立ち寄ることがあった。そのとき、孫に小遣銭をあたえるのがお亀の楽しみなのを、重行は知っていたのだ。きっと、もらった手間賃はためているであろう。

「では、今日のところは、これで」

吉五郎が立ち上がる。

急に台所があわただしくなったのを見て、さすがに居づらくなったようだ。

（三）

二階は書斎になっている。

成島重行は書斎の窓際に置かれた文机に肘をつき、窓の外をながめた。

まだ雨は降っていたが、空の一角が明るくなり、早くもあちこちで雀がさえずっている。間もなく、雨はやむであろう。

路地をへだてた向かい側には、医師の竹田玄朴が住んでいた。

明り採りのため窓の障子をあけ放っているため、二階の部屋では玄朴の妻が赤ん坊を背負ったまま縫い物をしているのが見えた。

（一方の話だけ聞いても、本当のことはわからぬということだな）

重行は外をながめながら、町奉行所の同心時代のことを思い出していた。

事件の関係者の証言記録を読んでいて、言い分がまったく食い違っていることがよくあった。しかも、その内容は白と黒くらいに違っているのだ。

しかし、どちらかがまったくの事実で、どちらかはまったくの虚偽というわけではなかった。真実は中間の灰色だった。白っぽい灰色か、黒っぽい灰色かの違いなのだ。

（吉乃湯の事件も同じだろうな）

重行は事前に、下女のお亀から目撃談を聞いていた。

もしお亀の話を聞いていなかったら、お乗と吉五郎の言い分をそのまま信じたかもしれない。

いっぽう、お亀の話も全面的に真実とはいえまい。もちろん、お亀が嘘をつくはずはないが、やはり多少の偏見はあるだろうし、記憶違いや勘違いがあるかもしれない。

その意味では、お亀の目撃談も灰色であり、お乗・吉五郎の言い分も灰色なのだ。

（さて、この件が町奉行所に持ち込まれると、どうなるかな）

訴えが提出されると、奉行所としては受理せざるを得ない。そして、手続き通りに裁判が始まる。

お鉄・お糸とお乗はもちろんのこと、多くの関係者がお白洲に座らされる羽目になろう。そして、それぞれが自分に都合のいい、あるいは身びいきの申し立てをする。

奉行所の役人はそれら多くの灰色の申し立てや、灰色の証言を吟味する。しかし、最終的に動かせないのは、「若いお鉄・お糸の姉妹が、老人のお乗を桶で殴った」という事実である。

若い娘ふたりが老婆に暴力をふるったのは曖昧な灰色ではなく、厳然たる事実だった。

とはいえ、お乗は怪我をしている様子はない。吉五郎は、お袋は倒れ、寝付いたと言っていたが、極度の興奮の結果であり、いわゆる「血の道」の症状であろう。

重行はこうした暴力事件の判例を数多く読んでいたし、また覚えていた。類似の事件を思い出す。

判決は前例に拠るのが原則である。

（おそらく、手鎖の刑に処せられるだろうな）

手鎖は謹慎刑の一種である。両手を手鎖で縛し、町奉行所の与力が封印した上で、家の中で謹慎させた。

この封印を破ったり、手鎖を壊したりしたら、罪が重くなる。また時々、与力が封印を確認に来た。

手鎖には三十日、五十日、百日の段階があった。

（お鉄とお糸は、たぶん五十日の手鎖だろうな）

ふたりが五十日もの期間、家の中で不自由な生活を強いられるのを想像すると、重行はやや暗澹たる気分になった。

謹慎刑とはいえ、過酷である。

「おや、ご隠居は出かけたのかい」

下で、大家の三郎兵衛の声がする。

重行が予想した通り、三郎兵衛が泡を食ってやってきたようだ。

「いえ、いま二階です。呼びましょうか」

お亀が答えている。

だが、すでに重行は立ち上がっていた。そのまま、階段をおりる。

＊

向かい合って座るなり、三郎兵衛が言った。

「さきほど、屋根屋の吉五郎が来ましたぞ。ご隠居にも相談したようなことを言っていましたが」

「はい、奉行所へ訴えるので、訴状を書いてほしいと言ってきましてね」

「で、どう答えたのですか」

「一言で言えば、断りました。店子(たなこ)はまず大家に相談するのが筋だと言ったので、お手前のところに行ったのでしょうね」

「あたしは断るというより、叱り付けたのですがね。ところが、吉五郎のやつ、納得しませんでね。最後は、

『じゃあ、親方に面倒を見てもらいやす』

と、捨て台詞を残して帰っていきましたよ」

「親方といいますと……」

「柿葺の職人の親方でしょうな」

「そうですか。職人でも親方くらいになると、町奉行所に差し出す訴状は書けるかもしれませんな。となると、厄介な事態になりますぞ」

「ご隠居、心配はいりませんよ。他愛ない女湯の喧嘩の訴えなんぞ、お奉行所が受け付けるものですか。門前払いになるのが落ちでしょう」

三郎兵衛が笑った。

だが、重行は相手の楽観視をいましめる。

訴状は形式さえととのっていたら、奉行所は受け付けざるを得ないこと、そしていったん受け取れば型通りに裁判が始まることを説明した。

「調べていくと、いきさつや理由はどうあれ、若い娘ふたりが桶で老婆を殴ったのは明白な事実ですからな」

「たしかに、そうですな。すると、お鉄とお糸の姉妹はどうなるでしょうか」

「おそらく、手鎖の刑に処せられるのではないでしょうか」

「手鎖ですか……、まあ、自業自得といえるでしょうが」

三郎兵衛は冷淡な感想を述べた。

ふたりが長屋の住人でないこともあろう。

だが、ハッと気づいたようである。

「お奉行さまが手鎖を言い渡すまでは、どういう手続きになりますか」

「お調べがありますから、訴えた側のお乗どの、息子の吉五郎どの、そして大家のお手前は奉行所に出頭しなければなりませんな。

いっぽうの訴えられた側は、お鉄・お糸の姉妹はもちろん、父親、地主、町役人なども出頭しなければならないでしょうね」

「え、それは大変ですよ。さあ、困った。

唐辛子屋の地所は、俵屋新右衛門さんのものなのです。新右衛門さんも地主として、お奉行所のお白洲に座らされることになるわけですか。

そんなことにでもなれば、あたしは新右衛門さんに対して顔向けができませんよ」

三郎兵衛が顔色を変え、最後は泣き声になっていた。

俵屋は南茅場町にある質・両替をいとなむ大店で、一帯の地主でもある。裏長屋であるサブロ長屋の持ち主であると同時に、表通りにある唐辛子屋の地主でもあったのだ。

この俵屋の主人である新右衛門とは、重行はすでに面識があった。

「ほう、訴える側と訴えられる側双方の地主が新右衛門さんなのですか。となると、新右衛門さんも何らかの処罰はまぬかれないかもしれませんな」

「ご隠居、のん気なことを言わないでくださいな。そうならないようにする手立てを、考えてくださいよ」

三郎兵衛が必死の形相で言う。

重行は、内済で収めるのが一番いいだろうなと思った。

町奉行所が下した数多くの判例を知っているだけに、たいていの揉め事は内済――金銭による示談で解決するのが、けっきょくお互いにしこりを残さない、もっとも妥当な解決法だと感じていたのだ。

「まずは、お鉄・お糸の姉妹に、お乗どのにきちんと謝罪させることでしょうな」

「ふたりが素直に謝罪するとは思えませんぞ」

「奉行所に訴えられたら手鎖になりかねないと告げればよいでしょう。おそらく五十日の期間ですぞ。

五十日の手鎖と聞けば、強気のふたりも事態の深刻さがわかるはずです。内心はどうあれ、お乗どのに頭を下げるでしょう。

そして、姉妹の父親がお乗どのに詫び金を払うことで、内済にするのです」

「そうですな、できることなら、内済でおさめたいですな。しかし、そのためには唐辛子屋の亭主に、それなりの金を出すよう説得しなければなりません。さあ、うんと言うかどうか。

とりあえず、あたしが掛け合いに行きますが、もし相手が渋るようだったら、ご隠居、助太刀を頼みますぞ」

重行としては、無下には断りにくい。

あまり気乗りのしない返事をしたが、ふと気づいた。

「吉五郎どのはお袋はぶっ倒れて、寝込んだようなことを言っていましたが、具合はどうなのでしょうか」

「大袈裟ですよ。今朝、お乗がけろっとして朝飯を食っているのを見ましたぞ。総後架に行く足取りもしっかりしていました」

「では、それは吉五郎どのへの説得材料になりますな」

「どういうことですか」

「別に怪我をしているわけではないのだから、それなりの詫び金をもらって内済に応じた方が得だと説得するのです」
「なるほど、なるほど。ご隠居は講談に出てくる軍師のようですな。
それにしても、あのお騒がせ婆ぁめ、まったく。お乗婆ぁが裏で、倅の吉五郎を
あおっているに違いありませんよ」
三郎兵衛が吐き捨てるように言った。
お乗に対して好感を持っていないようだ。
「そういえば、お乗どのは武家屋敷に奉公していたとか」
「ああ、例の自慢ですか。お乗は初対面の人間にはまず、その自慢話をするのです。
この長屋に越してきたときも、あたしの顔を見るや開口一番、
『お武家屋敷でご奉公しておりました』
でしたぞ。
武家屋敷で奉公なんぞ、ちゃんちゃらおかしいですな。あたしは、昔のお乗を知
っている人から聞かされて、実態を知っているのです」
「嘘なのですか」
「まったくの嘘ではないのですがね。相模のなんとか村は、なんとかいうお旗本の
領地だそうでして。

そのなんとか村の大百姓の娘が、なんとかいうお旗本のお屋敷に行儀見習いと称して奉公に出ることになり、小前百姓の小娘であるお乗が、その娘に下女として付いて行ったわけです」

「ややこしいですな」

「要するに、お乗は奥女中とか腰元とか呼ばれる身分ではなく、下女だったということです。つまり、お乗はお武家屋敷で下女奉公をしていたにすぎません」

三郎兵衛がなかばムキになって力説する。

重行は聞きながら、武士のあいだにも身分の上下があるのを思った。農民のあいだにも厳然とした身分の上下があることになろうか。

「ご隠居さま。あら、お客でしたか」

入口に立って声をかけてきたのは、俵屋新右衛門の娘のお俊である。

女中のお村が供をしていた。

振り返った三郎兵衛が驚いて言った。

「おや、お嬢さん。これは、これは。ご隠居に用事でしたか。

いいえ、あたしは客ではありませんので、ご遠慮なく。もう、帰りますから。

では、ご隠居、あたしはこれで」

急に三郎兵衛があわて出した。

「いけない、唐辛子屋だ」

お乗の話に夢中になり、肝心の唐辛子屋の亭主に掛け合いに行くのを忘れていたのだ。

立ち上がるや、お俊と入れ替わるように帰っていく。

（四）

「蔵で、こういう本を見つけたのです」

お俊がお村から風呂敷包を受け取り、中から本を取り出して示した。

振袖を着ているが、髪には黄楊の櫛を挿しているだけで、簪などはない。

容貌は端正で、何より表情が溌剌としていた。頬に薄あばたがあるが、薄く白粉さえすれば隠せそうなのに、化粧っ気はまったくなかった。

「ほう、これは『尉繚子』ではないか」

成島重行が本を受け取ってたしかめる。

およそ二百三十年も昔の、慶長十一年（一六〇六）にわが国で刊行されたもののようだ。

「ウツリョウシと読むのですか」

「うむ、しかし、なぜ、こんな本が俵屋の蔵にあったのか」

「兄が買い求めたのだと思います。ほかに、漢文の本を読む人間はいませんから」

新右衛門の長男は一時期、剣術に夢中で、道場に通っていたと聞かされていた。その後、すっぱりとやめ、今は同業のほかの店で商売を覚えているようだ。その長男が剣術に熱中していたころ、兵法書も学ぼうとしていたのかもしれない。

「『尉繚子』は、どういう本なのですか」

「兵法七書のひとつじゃ。

唐土（中国）の兵法書である『孫子』、『呉子』、『司馬法』、『尉繚子』、『六韜』、『三略』、『李衛公問対』を兵法七書と呼んでいる。たんに、七書ということもある。

七書の中では、何といっても有名なのが『孫子』だがな」

「兄から『孫子』のことは聞いたことがあります。武芸を学ぼうと思うなら、『孫子』を読まねばならないと、よく言っていました」

重行は話を聞きながら、お俊の兄は兵法七書を所持していたのかもしれないと思った。

大店(おおだな)の長男だから、金には不自由しなかったろう。たまたま、そのうちの『尉繚子』をお俊が見つけたのだろうか。

「あたしも、兵法書を学びたいのです。ご隠居さま、とりあえず、その『尉繚子』を講義してください」

「まあ、わしも『孫子』は読んだことはあり、かなりの部分は覚えておる。七書もざっと目を通すくらいはしたが、精読まではしておらぬ。

そもそも、わしは兵学者でも儒学者でもないぞ。講義など、とてもできぬ。

それに、新右衛門さんの了解なしに、わしが勝手な真似をするわけにはいかぬからな」

「お父(と)っさんに、この本を読めるようになりたいので、漢学塾に通いたいと願ったのです。すると、お父っさんから、

『まず、ご隠居の重行さんに相談してみろ』

と言われたのです。

ご隠居さま、お願いします」

お俊が頭を下げた。

その動作はやや芝居がかっている。

そばで、松阪木綿の仕着せを着たお村が、主人であるお俊の動きに合わせて頭を下げていた。

重行はお俊はともかく、お村の姿を見ると、ちょっといじらしくなった。

気を取り直し、お俊に尋ねる。

「そなたは、手習いはしたのか」

「はい、町内の手跡指南のお師匠さんに通いました」

お俊がきっぱりと言った。

主として庶民の子供に初等教育をほどこす寺子屋では、平仮名・片仮名、それに簡単な漢字の読み書きと、算盤を教えた。いわゆる「読み書き算盤」である。お俊は読み書きはできることになろう。

だが、漢文の読解となると別である。

「ふ〜む、しかしなぁ、わしも『尉繚子』は、あまり自信がないからな」

重行はあちこち拾い読みしていて、ふと、記憶にある一節が目に留まった。

(うむ、ここなら、どうにか教えられるかな)

むしろ、漢文を解読するのがいかに難しいかを経験させたほうがよいかもしれない。

そう思った重行は立ち上がった。

「よし、ちょいと、待っていてくれ」

重行は二階の書斎から、筆記具と紙をのせた文机（ふづくえ）を運び出し、一階におろした。

そして、お俊の見ている前で『尉繚子』の一節を、紙に書き写した。本を汚すわけにはいかないからだ。

訓点をほどこしていない、いわゆる白文（はくぶん）である。

戦勝於外備主於内勝備相応猶合符節無異故也

「これを読み解いていくわけだな」

重行は書き写した白文をお俊に示した。

ふと、お村が気になった。これからの講義に、そばでじっとひかえているのはあまりに気の毒である。まさに退屈そのものであろう。

お俊は重行の視線に気づいたのか、

「お村、お亀さんはなんだか忙しそうだよ。手伝っておあげ」

と、言った。

お亀がいつになくあたふたしているのに、お俊は気づいていたことになろう。

重行は内心、お俊の鋭敏さに感心した。奉公人への気遣いもなかなかのものである。お俊を見直す気になった。

「お嬢さまのお許しが出ましたので、手伝わせてくださいませ」

お村が籠から解き放たれた鳥のように、お亀の元に行く。総菜づくりの手伝いをするのがうれしくてたまらないようだ。

お亀にしても、お村は孫娘のような年齢であり、

「あら、お村ちゃん、手伝ってくれるのかい」

と、うれしそうだった。

お村がお亀の手伝いを始めたのを見て、重行がおもむろに白文に筆で、レ点や、一二点などを記した。

「これは、こう読む。

戦は外に勝ち、備は内に主る。勝備、相応すること、猶お符節を合するがごときは、異なることなきが故なり。

「では、読んでみなさい。これを素読(そどく)という」

「はい」

お俊がたどたどしいながらも、重行がほどこしたレ点や一二点を頼りに漢文を読んだ。

「意味はわかるか」

「いえ、まったくわかりません」

お俊がなかば呆然(ぼうぜん)とし、なかば悔しそうに言った。

重行はちょっと意地悪すぎたかなと、急に反省の念を覚えた。自分なりの解釈を示す。

「勝つとは外敵を打ち砕くことであり、守るとは内部の結束を固めることにほかならない。勝つためには守りが万全でなければならぬ。また、守りが万全であれば必ず勝つ。勝つことと守ることは表裏一体の関係にある。

まあ、そんな意味になろうかな」

「武芸で言えば、攻めと守りは別ものではない。攻めは守りであり、守りは攻めであるということでしょうか」

「うむ、そういうことだな」

重行はお俊の理解の早さに舌を巻いた。

漢学塾に行っても、男にひけは取るまい。しかし、女の弟子を受け入れる漢学塾があるとは思えなかった。

（わしでも、初歩くらいなら教えられるかな）

重行は、漢学の手ほどきをしてやってもいいかなと思い始めた。

いっぽう、お俊はすっかり乗り気になっている。

「兄が言った通りです。兵法書を学ぶべきですね。ご隠居さま、もっと教えてください」

「そうだな」

重行は『尉繚子』をめくり、自分でもどうにか解説できそうな箇所をさがす。

隣のお幸がひょっこり顔を出し、素っ頓狂な声で言った。

「おや、お亀さん、手伝いを雇ったのかい」

「いえ、そうではないのですがね。あちらのお嬢さんのお供で来たのですが、待っているあいだ、手伝ってくれることになりまして」

「そりゃ、頼もしいね。これから鰯と鯵を焼くんだけど、じゃあ、ふたりに頼むわね」

いつしか、台所は大変な騒ぎになっていた。

（五）

裏長屋の路地の中央にはドブが掘られ、上にドブ板が敷かれている。

ドブ板を鳴らして走る音が近づいてきたかと思うや、医者の竹田玄朴の家の前で止まった。

「先生は、いらっしゃいますか」

初老の男が中をのぞき込みながら言った。

武家屋敷の下男のようだ。着物を尻っ端折りし、膝が見えている。

玄朴の妻のお民が上がり框に座り、問う。

「はい、どちらからまいられましたか」

「へい、八丁堀の日高伝十郎の屋敷からまいりました。先生に至急、往診をお願いします」

入口を入ると、内側はちょっとした土間になっている。土間の右半分は板敷だが、畳二枚分の広さがあり、台所だった。

土間を上がると六畳の部屋で、ここが診察室であり、待合室でもあった。

診察室に座って準備をしていた玄朴には当然、入口のやりとりは筒抜けである。

土間に立つ下男に、玄朴が声をかけた。

「病人か、怪我人か」

「怪我人がふたりです。くわしいことは、屋敷に着いてからお話ししますので」

下男の息はまだ荒い。

玄朴が叱るように言った。

「怪我の状況がまったくわからなくては、往診の用意もできぬぞ」

「へい、申し訳ありません。

じつは男と女のふたりです。男が女を包丁で刺し、そのあとで自分も死のうとしたようです。ふたりとも死にきれず、うめいております。もう、あたり一面、血まみれでして、へい」

そのとき、部屋の隅に寝かせていた赤ん坊が突然、火がついたように泣き出した。

お民が赤ん坊を抱き上げ、あやしながら二階に行く。

玄朴が立ち上がった。

「よし、行こう。準備をするので、しばらく待ってくれ。

「おい、平助(へいすけ)、出かけるぞ」

住込みの下男の平助に供を命じる。

平助は、呼びにきた武家屋敷の下男よりさらに年長だった。

＊

八丁堀には町奉行所の与力と同心の屋敷が集まっているのは、玄朴も知っていた。

（日高伝十郎は与力だろうか、同心だろうか）

玄朴は、薬箱を持った平助を従えて歩きながら、そんなことを考えていたが、ふと気づいた。

（八丁堀には医者はたくさん住んでいるぞ）

庶民の住居にくらべ、武家屋敷は敷地が格段に広い。これを利用して、幕臣が屋敷内に貸家を建てて庶民に貸し、家賃収入を得ているのは珍しいことではなかった。中には、長屋を建てている例すらあった。

八丁堀の与力や同心の屋敷内にも貸家は多かったが、奉行所の役人という体面があるため、やはり誰にでも貸すわけにはいかない。そこで、借家人は医者や学者が多かった。

玄朴も開業にあたって、当初は八丁堀の武家屋敷内を考えていたのだが、戸建てのため家賃が高かった。そこで、やむなく、裏長屋にしたのである。

(なぜ、近所の医者を呼ばず、わざわざ、私を呼びに来たのか)

八丁堀と南茅場町は隣町とはいえ、やや不自然である。

近所の医者は呼びたくない事情があるのだろうか。あるいは、近所に知られたくない事情があるのだろうか。

玄朴はかすかな不審と不安が芽生えるのを覚えた。

「先生、ここでございます」

案内の下男が言った。

表門は冠木門(かぶきもん)だった。屋敷の敷地は二百坪以上あろうか。

門内に入ると、式台付きの玄関まで小砂利(こじゃり)が敷かれていた。

「庭をまわって、台所のほうにご案内しますので」

下男は小砂利からそれて、左の方に案内する。

途中、低い竹垣が組まれていた。枝折戸(しおりど)を通り抜け、母屋(おもや)を回り込むようにして歩いた。

敷地の左隅に、貸家とおぼしき仕舞屋があった。一角には菜園があるのが見える。野菜などを育てているのであろう。

表門から見て、母屋の裏手に当たるところに、台所の勝手口があった。

勝手口の腰高障子をあけて中に入ると、土間になっていた。土間をあがると広い板敷である。

板敷の上に二十代なかばくらいの男が仰向けに倒れていた。周囲の板は赤く濡れ、おびただしい出血をうかがわせる。

「うう～、うう～」

と、男は間断なく苦痛の声を上げていた。

「ご隠居さま、南茅場町の竹田玄朴先生を呼んできました」

下男が呼びかける。

障子の陰から、老人が姿を見せた。袴をつけない着流しだが、腰には脇差を差している。

「ご苦労ですな。わしは、隠居の余黄と申す。

いま、当主は不在でしてな。屋敷内には女ばかりです。そのため、まあ、やむをえず、わしがしゃしゃり出て指示しております」

「さようですか」

玄朴は、余黄は当主である日高伝十郎の父親であろうと見た。

日高家当主の伝十郎は現在、奉行所にいるに違いない。「女ばかり」は、伝十郎の妻、そして余黄の妻をさしているのだろうか。

「ところで、怪我人はふたりと聞きましたが」

「うむ、もうひとり、奥の部屋に女が倒れております」

玄朴は日高家の下男に、

「盥に水と湯を用意しなさい。きれいな晒木綿も必要じゃ」

と命じたあと、倒れている男の手首を取った。

脈をたしかめながら、腹部の傷に目をやる。血止めのため、折りたたんだ手ぬぐいが当てられていたが、真っ赤に染まっていた。

(腹部の刺し傷か。これは厄介だな)

血がしたたる手ぬぐいを取り去り、傷口をたしかめた。

外見からは、さほど傷は大きいようには見えない。しかし、傷は深かった。腸に穴があいているようである。内臓が損傷しているのは明らかだった。

「どんな刃物を用いたのですか」

「血のついた包丁が落ちておりました。おい、お見せしろ」

余黄が下男に命じた。

下男が包丁を玄朴に差し出す。

見ると、出刃包丁と称してよいほどの、先の鋭利な包丁だった。

この包丁を思い切り腹部に突き立てたとしたら、刃先が内臓までつらぬくであろう。

(気の毒だが、手の施しようがないな)

ふと、玄朴は男の顔に見覚えがあるような気がした。

(どこで見たのだったか)

だが、すぐには思い出せそうにない。それに、女の怪我人も気になる。

玄朴はとりあえず、折りたたんだ晒木綿を傷口に押し当てた。その後、平助に手伝わせて晒木綿で包帯をした。

「もうひとりの怪我人が気がかりですな」

「では、こちらへ」

余黄が先に立ち、玄朴を案内する。

薬箱を持った平助があとに続いた。

玄朴は廊下を歩きながら、あちこちに血痕（けっこん）が落ちているのに気付いた。

案内されたのは女中部屋のようだった。

障子や壁に点々と血が飛び散っている。

部屋には二十代初めくらいの女が倒れていたが、着物は朱に染まり、元の色がわからないほどだった。

そばに、十三、四歳くらいの下女が座っていたが、ほとんど泣きべそをかいている。余黄に、ひとりで見守るように命じられたのであろう。さぞ心細かったに違いない。

下女が、横たわる女に声をかける。

「お昌（まさ）さん、お医者さまが来ましたよ」

「痛い、痛い」

お昌と呼ばれた女がうめいた。

玄朴はそばに座り、まず手首を取って脈を診た。

続いて、傷を確認していく。

まずは左肩の傷である。血止めに巻かれた、真っ赤に染まった手ぬぐいをほどくと、かなり大きな切り傷だった。しかし、わずかなところで血管をはずれていた。

次に、左胸である。やはり血止めに、折りたたんだ手ぬぐいが当てられていた。

玄朴が血に染まった手ぬぐいをはずしてたしかめると、刺し傷だった。しかし、まっすぐでなく、左横にそれていた。心臓はもちろんのこと、他の臓器にも届いていないようだ。

（よし、助かる。

助けるぞ）

玄朴は自分に言い聞かせたあと、平助に命じた。

「薬箱から焼酎（しょうちゅう）と、傷を縫い合わせる針と糸を出してくれ」

さらに、日高家の下男に言う。

「湯と水を入れた盥をここへ」

「へい、かしこまりました」

ふたりが準備をしているあいだに、玄朴が余黄に言った。

「ふたりとも応急の血止めがしてありましたな。見事なものでしたぞ」

「わしが、奉公人に命じて、やらせたのですがね。いわば、見よう見まねでして」

余黄は多くは語らないが、やはり町奉行所の役人だっただけに、応急処置を心得ていたのかもしれない。

玄朴は盥の水で手を洗った。

まず、焼酎で消毒した針で、肩の傷を縫い合わせていく。

縫合に先立ち、玄朴が平助と下男に命じた。

「体を押さえていなさい」

ふたりがかりで体を押さえていたが、縫合の痛みで、お昌が時々、

「ううぅーっ」

と、うめきながら痙攣のような動きをする。それを男ふたりで懸命に押さえこまねばならない。

いつしか、ふたりの額に玉の汗が浮いていた。

縫合が終わると、玄朴は傷口を焼酎で消毒した。

次に、胸の傷である。

穴をふさぐように縫い合わせ、やはり焼酎で消毒した。

あとは晒木綿で包帯をしていくが、傷の場所が近いだけに、重ならないよう工夫が必要だった。

玄朴が包帯をするあいだ、平助と下男がうめき続けているお昌の上半身を起こし、

背中をささえていた。

手を洗い終えて玄朴が見ると、横たわったお昌は軽く鼾をかいている。精魂尽き果て、寝入ってしまったようだ。

そばでじっと見守っていた余黄が口を開いた。

「先生、ふたりは助かりますか」

「こちらのお女中はおそらく助かるでしょう。ただし、回復しても左手は不自由でしょうな」

「台所に倒れている男はどうですか」

「内臓が傷ついております。はっきり申し上げて、手の施しようがありません。明日の朝まで持つかどうか」

「そうですか」

余黄の顔に苦悩があった。

玄朴が改めて問う。

「どういう状況だったのですか」

「わしは実際には見ておらぬのです。母屋とは別な隠居所に住んでおるものですからな。

下女が隠居所に駆け込んできて、

『ご隠居さま、大変です、包丁を持った男がお屋敷に入り込み、お昌さんを追い回していますす』


と叫んだものですから、わしはともかく刀を手にして、駆けつけたのです。

ここに来てみると、女中のお昌が血まみれで倒れていました。そばに、さきほどお見せした包丁がありました。

見ていた者の話によりますと、男は台所から侵入してきたそうです。台所にいたお昌が逃げるのを、この部屋まで追って来て、刺したわけですな。その後、男は自分も死のうとしたようですが、死にきれず、

『水をくれ、水をくれ』

と言いながら、よろよろと歩いて行ったとか。

見ると、廊下に点々と血が落ちていたので、それをたどっていくと、台所に男が血まみれで倒れていたわけです。おそらく、水を飲もうとして台所まで来て、力尽きたのではありますまいか。

とりあえず、わしはふたりに応急の血止めをして、下男を先生のもとに走らせた

わけですがね」

「よく、私のことをご存じでしたな」

玄朴は口に出したあと、ヒヤリとした。

余計な穿鑿と受け取られかねない。

余黄は表情を変えずに言う。

「屋敷にたまたま、先生の評判を知っている者がいましてね。それで、往診を願ったしだいです」

「そうでしたか。

ところで、台所に倒れている男は何者ですか」

「わしは先生の到着を待つあいだ、お昌に尋ねたのです。ところが、

『存じません。知らない男です。なぜ、こんなことになったのか、あたしにもわかりません』

の一点張りでしてね。

そこで、わしは台所に倒れている男に、名前と住まい、商売、お昌を襲った理由などを尋ねたのです。ところが、

『ひと思いに殺してくれ。ああ、苦しい。早く殺してくれ』

と、わめくばかりでしてね。

いっさい、まともに答えません。まさか血だらけになっている男に、手荒な真似をするわけにもいかぬものですから。なにも聞き出すことができておりませんでな」

余黄が無念そうに言った。

その慎重な口調から、言葉をえらんでしゃべっているのがうかがえる。

突然、玄朴の頭にひらめいた。

(そうだ、吉乃湯の番台にいた男だ)

玄朴も町内の吉乃湯を利用していた。さきほどの男が番台に座っていたのを、唐突に思い出したのだ。

興奮を抑えて、静かに言う。

「さきほども申し上げたように、望みはありません。しかし、身元不明のままで死なれては、あとが面倒なのではありませんか」

「おっしゃる通りです。わしも困り切っております」

「では、私が尋ねてみましょうか。医者であれば、心を許すかもしれません。ただし、ふたりきりにしてください。ご隠居にも、姿を見せないでいただきますぞ」

瞬時、ためらったあと、余黄が言った。

「わかりました。先生にお任せしましょう」

　玄朴が、目をつぶってうめいている男のそばに座り、話しかけた。

「私は医者じゃ。お昌どのの手当ては終わったぞ」

「お昌は助かるのですか」

　男が目をあけ、苦しそうに言った。

「多分、命はとりとめるだろうな」

「そうですか。では、あたしは死ぬのですか」

「医者としてはもう、どうにもしてやれなくてな。すまぬ。

　だが、苦しみながら死ぬのと、できるだけ苦しまずに死ぬのと、ふた通りの死に方がある。医者として、苦しみをやわらげる薬は処方できるぞ」

「では、どうせ死ぬにしても、もうちょいと楽にしてくださいな」

「わかった。ところで、私はそなたを知っておるぞ。南茅場町の吉乃湯の番台にいるのを見かけた」

「え、先生は……」

　男の目が玄朴の顔に焦点を合わせる。

まじまじと見たあと、笑って言った。

「へい、へい、覚えております。お医者さまだったのですか」

「このまま何も言わずに死んでは、お昌どのの言い分通りになるぞ。そなたも言いたいことがあるのでないか。医者として、そなたの言い分を聞くぞ。

ここには、私しかいない。安心してしゃべるがよい」

「へい、ありがとうございます。では、先生、あたしの話を聞いてくださいな」

「まず、そなたの名は」

「へい、茂助でございます」

「吉乃湯に奉公していたのか」

「いえ、ただの居候です。遊んでいては悪いので、時々、番台に座っていたのです」

「お昌どのとは、どういう関係なのか」

「あの女を囲っていたのです」

「お昌どのは、そなたの妾だったということか」

「へい。ところが、金の切れ目が縁の切れ目とやらで、逃げ出しましてね。それっきりだったのですが、たまたま、あたしが手伝いで掃除をしているとき、お昌が湯にいたのですよ。

その日、吉乃湯の女湯で喧嘩騒ぎがありましてね。大騒ぎだったものですから、お昌はあたしに気づかなかったのでしょう」

武家屋敷には湯殿があるが、利用するのは当主と家族である。奉公人は湯屋に行く。

玄朴は、女中のお昌は吉乃湯に行っていたのだと思った。それにしても、運命を感じさせる偶然といえよう。

「お昌が湯から帰るとこをつけて、こちらのお屋敷にいるのがわかったのです」

「なるほど、しかし、なぜ殺そうとしたのか」

「あたしは、あの女のために破滅に追いやられたのです。あたしは呉服屋の手代でした。あの女さえいなければ、あたしは番頭に出世し、そのうち暖簾分けをしてもらい、自分の店を持てたのです。それを考えると、悔しくて、悔しくて、いっそ……」

そこまでしゃべってきたところで、茂助は感情が高ぶってきたようだ。目に涙がこみあげる。

ゴホゴホと咳をしたかと思うや、口からドッと血を吐いた。

玄朴があわてて手首の脈を診る。

すでに脈は弱々しかった。もう、長くはあるまい。

それまで姿を隠していた余黄が現れた。その目を見れば、問うていることはわかる。

玄朴は無言のまま、ゆっくり首を横に振った。

（六）

すでに夜がふけ、人の足音もめっきり少なくなった路地から、声がかけられた。

「向かいの竹田玄朴ですが、ちと、よろしいでしょうか」

「あら、先生、どうしました」

下女のお亀がすぐに土間に立ち、心張棒をはずして腰高障子をあけた。

成島重行は行灯のそばで本を読んでいるところだった。腰高障子があいた拍子に、行灯の灯が大きく揺れた。

「ご隠居、ちと、相談があるのですが」

土間に入ってきた玄朴の表情はどことなく暗い。

重行は本をそばに置いて、座り直した。

「かまわんですぞ。お上がりください」

「夜分、失礼します。

ああ、かまわんでください」

玄朴は、茶と煙草盆を用意しようとするお亀に声をかけたあと、重行の前に座った。

「さっそくですが、きょう、八丁堀のお武家屋敷に往診しましてね」

「そうでしたか。あわただしく先生が往診に出て行かれる様子はちらと見かけましたが」

重行はふと、不安がよぎった。

八丁堀の武家屋敷といえば、町奉行所の与力と同心の屋敷である。成島家の屋敷も八丁堀だった。

「往診先の家名は勘弁していただきたいのですが、よろしいですか」

「はい、かまいませんが。しかし、ひとつだけ、確認させてください」

「何でしょう」

「家名は成島ではないですね」

「成島ではありません」

玄朴が笑った。

やはり、相手の危惧(きぐ)がわかったのであろう。玄朴も重行が町奉行所の同心だったことを知っていた。

重行はひそかに安堵(あんど)のため息をついた。

玄朴が話し始めた。

「屋敷内で、男と女が血まみれで倒れていましてね。私が治療を終え、辞去したとき、男はまだ息がありましたが、いまはもう、死んでいるでしょうね。つまり、女が刺されて重傷を負い、刺した男は自害して果てました。

そもそも、私が屋敷に着いたとき――」

玄朴が状況を語る。

「――というわけなのですがね」

玄朴が見聞きしたことを語り終えた。

重行は話を聞きながら、茂助という男が吉乃湯の番台に座っていたことを知り、驚いた。

とくに心あたりはなかったが、重行も吉乃湯を利用しているだけに、顔を合わせたことはあったかもしれない。

それにしても、不思議な暗合である。

お乗とお鉄・お糸の騒動は吉乃湯でおきた。刺されたお昌は吉乃湯を利用しており、吉乃湯で働いていた茂助に目撃された。

もちろん、たんなる偶然の一致であり、ふたつの事件に関連があるはずはなかった。

「私は余黄というご隠居にあとを任せ、屋敷を出ました。その後、当主が屋敷に戻り、どう処置するかが決まったはずです。ですから、私はどういう決着になったのかは知りません。というか、知らされておりません。

ご隠居、私はこの事件に巻き込まれ、お奉行所に出頭しなければならなくなるでしょうか。そんなことを考えていると、今後のことが不安なのです。

それで、相談にまいったわけです」

玄朴はいかにも心配そうだった。

重行が笑みを含んで言った。

「先生、事件は表沙汰にはならないはずです。つまり、隠蔽されるでしょうな」

「え、どういうことですか」

「つまり、女が刺されて重傷を負い、刺した男は自害して死んだ事件など、なかったことにされるのです。ですから、先生は事件とは無関係です。ご心配にはおよびません」

「しかし、ひとりが大怪我をし、ひとりが死んでいるのですぞ」

「これは、町奉行所の役人の特権というわけではありません。武士階級に共通することとして、お聞きください。

江戸の大名屋敷や幕臣の屋敷など、いわゆる武家屋敷には、町奉行所の役人は立ち入ることはできないのです。ですから、武家屋敷の中でどんな事件がおきても、役人は踏み込んで調べることはできません。

また、たとえば、ある武士が辻斬り(つじぎ)りを働いたとき、その場で捕えれば別ですが、いったん屋敷内に逃げ込まれると、もう手は出せません。役人が引き渡しを求めても、先方が、

『わが屋敷にそんな者はいない。何かの間違いじゃ』

と言い張ったら、もう、どうしようもないのです。屋敷内に踏み込んで捕縛することはできませんから。

ですから、武家屋敷内でおきた不祥事はすべて表沙汰にはならず、隠蔽されると言っても過言ではありません。

もちろん、噂として世間に広まることはありますが、あくまで噂です。町奉行所の役人の耳に入っても、手出しはできません。いわば、指をくわえて見ているしかないのです」

「しかし、今回の場合は、屋敷内に死体がありますぞ。これは、どうするのですか」

「当主が屋敷に戻ってから、どうするかを最終的に決めるでしょうが、もしかしたら、奉公人のひとりが病死したことにして葬るかもしれません。要するに、事件などなかったのです」

「それは無茶ですぞ」

玄朴が怒りをあらわにした。

重行は自分が責められている気分になってくる。

「たしかに、無茶ですな。理不尽といってもよいかもしれません」

隠居して裏長屋で暮らすようになってから、重行はかなり庶民の目線で物事を見られるようになっていた。

また、世の中の理不尽を少しでも正すことができるなら、それに力を貸したいと思っていた。

だが、今回の事件に関しては、重行にできることは何もあるまい。

「そうですか、私に難は及ばないとわかり、ちょっと安心しました。しかし、気分が晴れたわけではありません。むしろ、世の中の理不尽を知って、重苦しい気分です。

いや、これは、けっしてご隠居を責めているわけではありませんぞ」

「はい、わかっております」

「夜分、押しかけてきて、失礼しました」

玄朴が挨拶（あいさつ）し、帰っていく。

その表情は、来た時よりも暗かった。

# 第二章　出　奔

## （一）

総後架で小用を終え、路地を歩きながら、成島重行は最近、サブロ長屋をうろつく犬が増えた気がした。

（魚の匂いだな）

原因はすぐにわかった。

お幸・お恵親子が総菜屋を始めてから、行商の魚屋が立ち寄ることが多い。しかも、お幸は買い入れるに際して、

「ついでに、三枚におろしとくれよ」

などと頼んでいた。

魚屋は路地に盤台をおろし、包丁と俎板（まないた）を取り出して、その場で魚をさばくため、内臓などが飛び散る。そうしたおこぼれを狙って、犬が集まるようになったのであ

ろう。

犬どころか、猫も人も増えた気がする。

路地を歩く人が増えたのは、総菜屋ができたのを聞き伝え、長屋の住人ではない人間が買いにやってくるようになったからであろう。とりもなおさず、お幸の作る総菜は評判がいいということになろうか。

総菜屋を勧めた重行としては、ひそかに自分の先見の明を誇りたくなる。

（おや、珍しい）

重行は見慣れない武士の姿に不思議な気がした。

高齢の武士が路地に立ち止まり、入口の腰高障子に書かれた、
本道外科
げんぼく
という文字をたしかめていたのだ。

小紋の羽織を着て、腰に両刀を差していたが、袴（はかま）は付けていない。足元は白足袋に草履だった。菅笠（すげがさ）をかぶっているため、顔ははっきり見えない。

武士は重行の足音にふと振り返るや、驚きの声を上げた。

「おう、成島外記(げき)どのではないか」

「え、お手前は」

重行は驚きと同時に戸惑いがあった。

武士が片手で菅笠を持ち上げ、顔を見せる。

「わしじゃ」

「え、日高伝内(ひだかでんない)さま」

「そうじゃ。なんと、そこもとは、ここに住んでおるのか」

「はい、さようです。まあ、長屋で隠居暮らしをしております。日高さまは医者に、ご用ですか」

「うむ、ちょいと玄朴先生に用があってな。それにしても奇遇じゃ」

気が付くと、向かい合った家の入口にそれぞれが突っ立ち、狭い路地をはさんで話をしていた。

この状況にばつの悪さを感じたのか、伝内が言った。

「ここで立ち話をするわけにもゆかぬな。わしの用は、さほどかからぬ。玄朴先生の件が終わったら、そこもとの家に、ちと寄ってもかまわぬかの」

「はい、かまいませんぞ。お待ちしております」

重行は一礼すると、家の中に入った。

長火鉢の前に座ると、重行はフーッと大きく息を吐いた。少なからぬ動揺があった。

(北町奉行所の与力だった日高伝内さまとは……)

いったい、何の用で竹田玄朴を訪ねてきたのか。

ハッと気づいた。

数日前の夜、玄朴が語った八丁堀の武家屋敷とは、日高家の屋敷だったのではなかろうか。先日の事件の後始末に来たと考えれば、辻褄が合う。

伝内はすでに隠居し、日高家の家督は息子が継いでいるはずである。当主ではなく、隠居が来るのも思わせぶりだった。

つまり、事件は隠蔽したのである。

重行は伝内とはもちろん面識はあったが、さほど親しいわけではなかった。重行は南町奉行所、伝内は北町奉行所だったこともあるが、やはり同心と与力の身分差が大きかった。

重行が数寄屋橋門内の南町奉行所に向かうとき、黒の紋付羽織を着て、袴は付けない着流し姿だった。御用箱と呼ばれる小葛籠を背負った中間がひとり、供をしていた。

いっぽう、伝内が呉服橋門内の北町奉行所に向かうときは、ものものしかった。伝内は継裃姿で、肩衣は無地の黒か茶、袴は平袴である。腰には両刀と、緋房付きの十手をたばさみ、足元は白足袋に草履だった。

供は若党、槍持ちの中間、草履取りの中間、挟箱をかついだ中間の四人であり、まるで行列だった。

(ところが、今日は供も連れず、ひとりか)

隠居の身分なので、ひとり歩きの気楽さを謳歌しているのか、それとも、できるだけ目立たないよう、ひとりで処理したいということなのか。

重行は伝内の来訪を待ちながら、考え続けた。

台所はにぎやかになっている。へっついは火が勢いよく燃え、鍋が食欲を刺激する匂いを発していた。下女のお亀も忙しそうである。

いつしか、重行の家の台所は、隣のお幸・お恵親子がいとなむ総菜屋の第二台所のようになっていた。

ただし、台所利用の礼として、新しい総菜ができるたびに、おすそわけをしてもらっている。おかげで、このところ、重行の食生活は充実していた。

（もう、成島家の屋敷に戻る気はせぬぞ）

重行の正直な感想だった。

*

伝内は上がってくると、腰の大刀を帯から抜き、そばに横たえた。その上に、菅笠をのせる。

重行と向かい合うや、まず言った。玄朴の家を出るときからすでに考えていたのがうかがえる。

「おたがい隠居じゃ。堅苦しい呼び方はやめて、不佞（ふねい）・足下（そっか）でいきたいが、どうか」

不佞と足下は、学者・文人がもっぱら用いる一人称と二人称である。身分や年齢を超えて交流するときでも、おたがい気兼ねすることなく呼び合えるため、便利な呼称だった。

「ほう、それは不佞も賛成ですな」

重行がさっそく使用する。

伝内が笑った

「足下さえよければ、不佞も異存はない。ところで、隠居後、不佞は余黄という号を用いている。出典は『唐詩選』にも掲載されている、崔顥（さいこう）の『黄鶴楼（こうかくろう）』の、

昔人已乗白雲去　昔人（せきじん）已（すで）に白雲に乗じて去り

此地空余黄鶴楼　此（こ）の地空（むな）しく余（のこ）す黄鶴楼

からでな」

「さようですか。

不佞の号は重行でして、出典は『詩経（しきよう）』の、

行行重行行　行き行きて重ねて行き行く

からです」

「そうだったか。よし、これからはおたがい、号で呼び合うことにしよう。『余黄

さん』『重行さん』じゃ。さて、これで気軽にしゃべれるぞ」

重行も気が楽になった。

いっぽうで、余黄こと伝内がこれほど気配りのできる人物と知ったのは驚きだった。

「玄朴先生によると、先日の事件はおおよそ足下に話をしたということだったが」

「はい、うかがっております。玄朴先生としては、奉行所に召喚されるのではないかと不安だったのでしょう。不佞に相談しにきたのです。

しかし、先生も気を遣い、日高家という家名は伏せていました。そのため、さきほど足下にお目にかかり、不佞はようやく日高家でおきた事件と察しがついたのです」

「そうだったか。それを聞いただけで、玄朴先生の人柄がわかるぞ。

不佞は今回の件で初めて知り合ったのだが、先生はなかなかの人物だな。

先日、瀕死(ひんし)の茂助を尋問するのを、不佞は襖(ふすま)の陰で聞いておったのだが、たいしたものだと感服した。不佞にはとてもできなかったろう。町奉行所の元役人が形無しだぞ」

「茂助という男は死んだのですか」

「うむ、それも含めて、足下に話をしようと思ってな。

茂助は死んだ。

玄朴先生が帰ったあと、倅（せがれ）の伝十郎が屋敷に戻ってきたあとじゃ。意識がないまま、蠟燭（ろうそく）の火が消えるように息絶えた。けっきょく、玄朴先生のあとは何もしゃべらないままだった。
日高家の中間が吉乃湯へ行き、茂助が死んだことを伝えた。

ところが、吉乃湯は、
『茂助は吉乃湯の奉公人ではございません。たんなる居候で、しかもこれまでの礼を述べて、すでに出て行った男です。もう、当方には何のかかわりもございません』
と、けんもほろろの挨拶（あいさつ）だったそうでな。

中間は空しく帰ってきた。
当主の伝十郎や隠居の不佞が行けば、対応は違ったのかもしれぬが、そういうわけにはいかぬからな」

「すると、茂助の遺体はどうしたのですか」

「困り果てたぞ。

そこで、門前に行き倒れ人があり、屋敷内に運び込んで手当てをしてやったが、身元を明らかにしないまま死んでしまった。そのため、日高家の菩提寺（ぼだいじ）に運び、無縁仏として葬ってやった——とまあ、日高家の善行にしたわけじゃ」

余黄が冗談めかせて言った。

事件を隠蔽(いんぺい)したのにほかならないが、重行としては予期した通りだった。

「すると、大怪我をした女中はどうなりましたか」

「ああ、お昌か。玄朴先生によると、回復するまでに一ヵ月はかかるだろうということでな。それまで、時々、経過を診るため、先生に往診を願うことになろう。全快するまで、日高家で面倒を見てやらざるを得ぬだろうな。いまの状態で屋敷から追い出すような不人情はできぬ」

「なるほど。しかし、茂助どのがお昌どのを襲った執念深さや、お昌どのが日高家の女中となった経緯など、よく理解できない面がありますが」

重行がやや遠慮がちに指摘した。

余黄は瞑目(めいもく)し、う〜んとうなった。

ややあって、意を決したように言う。

「不佞は隠居以来、母屋に対しては見ざる、聞かざる、言わざるの三猿(さんえん)に徹しておった。そのため、母屋でお昌を見かけたことはあったが、新しく女中を雇ったのであろうくらいに軽く考え、さほど気に留めてもいなかった。

ところが、今回の事件じゃ。もう、放ってはおけん。お昌が女中として雇われたいきさつを調べた。

嫁――倅の妻だが――の実家の親戚の縁を頼ってきたらしい。そのとき、たまたま古くからいた女中が国元に帰ってしまい、困っていたようだ。お昌が武家屋敷で奉公したことがあると述べたので、嫁は即決したという。

今回の事件で、お昌の素性に不審が生じた。そこで、倅の伝十郎がお昌を問い詰めたところ、ようやく幕臣の娘であることを認めた。しかし、頑として家名は明らかにしない。最後は、

『家名を言うくらいなら、あたしは舌を嚙み切って自害します』

と泣き叫ぶありさまでな。しかも、お昌は大怪我をして臥せっている状態だからな。

伝十郎もほとほと持て余し、ついに匙を投げた。本当に舌を嚙み切りかねないと、空恐ろしくなったそうじゃ」

「ほう、幕臣の娘が町人の茂助どのの妾だったとか、日高家の女中になっていたとか、謎が多いですな」

「そこだよ。お昌が全快したら、いくばくかの金を渡して屋敷から追い出せば、いわゆる厄介払いで、これで一件落着となろう。

しかし、釈然としない点があまりに多い。足下の言う通り、謎がある。へたをす

ると、醜聞として噂になりかねん。

そこで、不佞は背景を調べてみようと思ったのだ。痩せても枯れても、元は町奉行所の与力だからな。

だが、いざ取りかかろうとして、愕然とした。いったい、どこから手を付ければよいのか、誰に尋ねればよいのか、まるでわからぬ。まさに、『木から落ちた猿』でな」

「なるほど」

重行は相槌を打ちながら、余黄の実感は痛いほどにわかった。重行自身、隠居したら「ただの人」なのは、しばしば味わっていた。

しかし、いっぽうで「ただの人」を楽しむ境地にもなっていた。

余黄は与力だっただけに、同心だった重行より、実感する落差は大きいのかもしれない。

「そこで、足下の出番だ」

「え、どういうことですか」

「玄朴先生から、足下は長屋でおきた悶着や難事件をあざやかに解決していると聞いたぞ。長屋の連中はみな、『ご隠居同心』と呼んでいるとか」

「いや、それはちと買い被りですぞ」

「謙遜するな。ご隠居同心の足下ならできよう。お昌がなぜ茂助につけねらわれ、包丁で刺されるような事態にいたったのか、そもそもの発端から解きほぐしてくれぬか。必要とあらば、日高家の依頼を受けていると述べてよいし、お昌はもちろん、倅の伝十郎を尋問することも不佞が認める。引き受けてくれぬか」

「しかし……」

「もしかしたら、日高家の闇を暴く結果になるやもしれぬ。しかし、不佞は、それはそれでよいと思っておる。不佞は老い先長くない身だからな。もし闇があれば、それに対処して死にたいのじゃ」

その余黄の述懐に、重行は心を揺り動かされた。

鼻の奥が熱くなる。

たしかに、自分の人生が残り少ないと自覚したときの願望には、独特の重みがある。余黄は晩年になって、生身の自分の無力を実感しているのかもしれない。

重行は次第に、余黄のために尽力してもよいかなという気になってきた。

「それでは、微力ながら」

「そうか、頼まれてくれるか。

何か疑問があれば、日高家の屋敷に訪ねて来てくれ。母屋の方には別に挨拶はせんでよい。そのまま隠居所の方に来てくれてかまわぬ。

ところで、足下もあちこち動くとなれば、軍資金が必要であろう。さきほど、玄朴先生に謝礼を渡したので、あまり残っておらぬのだが、とりあえず財布の中身全部じゃ」

余黄は財布の中身をすべて懐紙に移した。

二分金や一分金、南鐐二朱銀などを取り混ぜて、合わせて一両ほどありそうだった。

軍資金とは、いわば必要経費ということであろう。重行は謝礼や手当を受け取るつもりはないが、必要経費であれば、もらうのは当然である。

「しかし、余黄さん、それでは一文無しになりますぞ」

重行が懐紙の包みを受け取りながら、相手の空っぽの財布に言及した。

余黄は屈託がない。

「なんの、不佞はこれから八丁堀まで歩いて帰る。一文も必要ないぞ」

（二）

余黄が帰っていったあと、成島重行は考え続けた。

（さて、どこから手を付けようか）

町奉行所の役人には権威と強制力があるが、いまの自分はただの隠居である。町奉行所の影をちらつかせるのはある程度の効果はあるかもしれないが、人々はみな役人を恐れ、嫌っている。できれば、役人とかかわりあいになりたくないと思っているのだ……。

話を聞きたいと頼んでも、拒否されたらもう、どうしようもない。

（待てよ、これを逆手に取れば、協力を得られるかもしれぬぞ）

みな、裁判沙汰に巻き込まれ、町奉行所に召喚されるのを恐れている。

では、それを逆手に取ればいいではないか。

このままでは町奉行所の役人が乗り出してきかねない、そのため、そうならないよう、自分は努力しているのだ……。

こう説明すれば、みな納得し、口を開くのではあるまいか。

（うむ、この手で行くか）

重行が自分の思い付きにニヤニヤしているところに、大家の三郎兵衛が顔を出した。

「ご隠居、何かいいことがありましたか。随分、うれしそうに笑っていましたが」

向かい合って座るなり、三郎兵衛がひやかした。

ひとりで笑っているのを見られたかと思うと、重行もちょっと恥ずかしい。

「いや、思い出し笑いをしていたのですがね。それより、お手前こそニコニコしているではありませんか」

「そりゃ、そうですよ。ついに、まとまりましたのでね」

「何のことです」

「お乗とお鉄・お糸姉妹の件ですよ」

「ほう、内済になったのですか」

重行も顔がほころぶ。

三郎兵衛はじらすかのように、煙管(きせる)の雁首(がんくび)に煙草を詰めた。

煙草盆の火入れで、おもむろに煙草に火をつける。もったいぶるように一服してから、語り始めた。

「いやあ、こじれにこじれましてね。あたしは双方のあいだを何度往復したか、わかりませんぞ。

吉五郎のやつが内済には応じず、あくまでお奉行所に訴えると言い張りましてね。あの依怙地にはあきれました。

あたしが思うに、お袋のお乗が殴られたことより、その後、自分が談判に行ったところ、向うが恐れ入って謝るどころか、お鉄・お糸に言い負かされ、追っ払われたのがよほど悔しかったのでしょうな。

吉五郎としては、もう口では勝てないのがわかったので、

『俺を馬鹿にしやがって。あのあまっこどもめ、こうなりゃあ、目に物見せてくれるぞ』

という気分だったのでしょう。もう、意地になっていると言いましょうか」

「そうかもしれませんな」

重行は吉五郎の心理はわかる気がした。

年少の女ふたりに軽くあしらわれ、かといって手を出すわけにもいかない。自分の不甲斐なさへの怒りもあったろう。そこで、奉行所に固執したのかもしれない。

「吉五郎の親方も町内のことだけに、内済にしろと説得しましてね。ついに吉五郎も内済を受け入れると言ったのですが、ただし詫び金は三両と吹っかけるではあり

ませんか。あたしは、

『いい加減にしろ』

と、吉五郎を張り倒したくなりましたよ」

「三両はちと法外ですな。お乗どのは怪我をしているわけでもありませんからね。医者の竹田玄朴先生を呼んだ様子もありませんぞ。

ところで、もういっぽうの唐辛子屋はどうなのですか」

「そこですよ。唐辛子屋の亭主は最初から内済を望んでいましたが、肝心なのが詫び金の額です。吉五郎が三両を要求していると告げたところ、

『そんな金はありません。三両を作るとなれば、娘のひとりを吉原に売るしかありません』

と言い出す始末でしてね。

いくらなんでも、そんなことはさせられませんから、あたしが吉五郎に諄々と説いて聞かせ、ついに一両にまで下げさせたのです。

ところが、唐辛子屋は一両でも、とても払えないと言いましてね。最後は、自分は首を吊ると言って、あたしを脅す始末ですから、いやはや。

ともかく、一両の金さえできれば内済が成立するところまでこぎつけたのです。

すったもんだのあげく、唐辛子屋が二分、地主の俵屋新右衛門さんが一分、町役人が一分を出し、合わせて一両を作ったのです。

新右衛門さんと町役人にすれば内済になれば、お奉行所に出頭するわずらわしさから逃れられるのですから、一分は安いものでしょう」

「なるほど。しかし、新右衛門さんにしてみれば、いくら身代に痛痒を感じないといっても、顔も知らない娘ふたりが引き起こした騒ぎのために金を払わなければならないのですから、釈然としない気分でしょうな」

重行は役人のときは考えもしなかったが、庶民の側から奉行所の判決をながめるようになり、幕府の定めた連座制そのものに疑問を感じるようになっていた。

そんな重行の感慨など一顧だにせず、三郎兵衛は喜色満面で言った。

「さきほど、町役人の家の座敷で手打がおこなわれましてね。あたしも出席しました。

唐辛子屋が詫び状と詫び金一両を差し出し、吉五郎が受取状を差し出し、それぞれ取り交わして、めでたく一件落着というわけです。吉五郎の受取状は、あたしが書いたのですがね。

あとで、新右衛門さんに呼ばれ、

『おまえさんには随分、骨を折ってもらいましたな。ご苦労でした』

と、ねぎらってもらい、金一封をいただきましたよ」

三郎兵衛はいかにも満足そうである。

重行も思わず笑みが浮かぶ。

「ほう、それはよかったですな」

「それにしても、ご隠居に教えてもらった手鎖(てぐさり)の脅しは、いざというときに効き目がありましたぞ。

お鉄・お糸の馬鹿娘どもは初め、手鎖を知りませんでね。あたしが説明すると、さすがに震えあがっておりました。あたしも、溜飲(りゅういん)が下がる思いでしたがね。

では、あたしは引きあげますかな」

立ち上がった三郎兵衛は、台所で調理されている各種の総菜を無遠慮にのぞき込んでいる。

下女のお亀が言った。

「大家さん、つまみ食いは駄目ですよ」

「そんなこと、するもんか」

「いえ、今の目つきは、つまみ食いをしそうでした」

「まるで人を、犬や猫扱いだな」

三郎兵衛はぶつぶつ言いながら、路地に出て行った。

（三）

成島重行はいろいろ考えたあげく、一番目は自分も馴染みのある吉乃湯にした。

南茅場町の表通りに面した吉乃湯は、堂々たる二階建てだった。

一階は右が女湯、左が男湯である。

男湯の洗い場の端に、二階に通じる階段があった。二階に上がると、ちょうど女湯の上の区画に、男客専用の娯楽室がもうけてある。

ここで、茶を飲んだり菓子を食べたりすることができた。もちろん、別料金がかかる。そのほか、備え付けの将棋を楽しむこともできた。

二階の、娯楽室以外の大部分が、主人とその家族や、奉公人の居住場所だった。

重行は紺地に白く「男湯」と染め抜かれた暖簾をくぐって中に入ると、番台に座っている番頭らしき男に小声で言った。

「湯に入りに来たわけではない。吉乃湯の主人に用があってな。できることなら、商売の邪魔をしたくない。穏便に行きたいということじゃ。わかるな。

主人にそっと、八丁堀の日高伝十郎の屋敷から来た使いの者と、伝えてくれぬか。わしは、隠居の重行と言う者じゃ」

番頭の顔がたちまちこわばった。

あわただしく目でさがし、掃除をしていた丁稚(でっち)らしき少年を呼び寄せると、番台を任せ、

「少々、お待ちを」

と言うや、番頭は階段をのぼって二階に行った。

しばらくして、番頭が戻ってきた。

相変わらず表情は硬い。

「旦那(だんな)さまがお会いになるそうです。

ご案内しますので、こちらへ」

番頭に続いて、重行は急勾配(きゅうこうばい)の階段をのぼった。

階段をのぼり切って右手に、娯楽室があった。ふんどしだけの男が数人いて、将棋盤を囲みながら、みなてんでにしゃべっている。勝負よりも、世間話を楽しんでいるようだ。先日の女湯の騒動は格好の話題だったに違いない。

左手に廊下がのび、大小の部屋が並んでいた。

重行が案内されたのは六畳ほどの、殺風景な座敷だった。

「しばらくお待ちください」

そう言うや、番頭は去った。

座っていると、尻の下から人の声や物音がまるで霧のように立ち昇ってくる。男湯の喧噪であろう。不思議な感覚だった。

前垂をした十三、四歳の女が茶と煙草盆を持参し、重行の前に置いた。娯楽室の係のようだ。

女が去るのと入れ違いに、羽織を着た初老の男が現れた。

「主の喜左衛門でございます」

「重行と申します。八丁堀の日高伝十郎の屋敷から依頼され、参上しました」

「お手前と日高さまはどういうご関係でございますか」

「腰に両刀を差した男より、わしのような目立たぬ隠居の方が相手も話がしやすいであろうというのが、日高家の考えでしてね。

数日前、日高家の屋敷に男が侵入し、包丁で女中を刺し殺したあと、自害して果てました。最初は、男が誰だかわからなかったのですが、ある人が吉乃湯の番台に座っていたのを見かけたと言いましてね。また、男は手当てをした医者に、自分は茂助と告げたのです」

喜左衛門が憤然とした表情になり、何か言おうとする。

それを、重行が手を上げて制した。

「最後まで、お聞きください。わしは、お手前が巻き込まれないようにしようとしておるのですぞ。

日高家では事件を表沙汰(おもてざた)にしたくないのです。しかし、いったん表沙汰になると、多くの人がお奉行所に召喚されるでしょうな。

吉乃湯と茂助が明らかになった以上、お手前もお白洲(しらす)に座る羽目になりますぞ。ですから、日高家の表沙汰にしないという意向に協力していただきたいのです」

「はい、表沙汰にしないというのは、あたしも賛成でございますが。しかし、あたしにどうしろと」

「茂助は吉乃湯の奉公人ではないとのことですが、ではなぜ、番台に座っていたのですか。いまのままだと、お手前と茂助どのの関係に疑いが生じますぞ。

そもそも、茂助どのはなぜ、吉乃湯に居候していたのですか」

「わかりました。ご隠居のおっしゃる通りですな。すべてをお話しして、疑いを晴らしましょう」

喜左衛門は腹をくったようである。

腰にさげていた煙草入れを手に取った。無言で、煙管の雁首に煙草を詰める。どこから話そうかと、頭の中で考えているようだ。

煙管の煙草に火をつけたあと、喜左衛門がおもむろに語り出した。

「あたしの父の喜兵衛と、茂助の父親の茂兵衛さんは信州の同じ村に生まれ、幼馴染だったのです。江戸には別々に出てきたのですが、あるときばったり再会し、それ以降は親しく行き来していたようです。

それぞれ棒手振稼業から始めて苦労したようですが、あたしの父は神田あたりに、茂兵衛さんは芝神明の近くに店を持つことができたのです。

ところが火事です。神田の店は丸焼けになってしまいました。そのとき、救いの手を差し伸べてくれたのが茂兵衛さんでしてね。

あたしの一家はしばらくのあいだ、茂兵衛さんのところへ居候させてもらったのです。そのころ、あたしはまだ子供でしたが、赤ん坊だった茂助の子守をしたのを覚えています。

その後、運も手伝ったのでしょうが、父の喜兵衛は商売を始めて成功し、湯屋の株も入手して、ここ南茅場町で吉乃湯を始めたのです。

茂兵衛さんは芝神明の近くで古着屋をやっていたので、あたしは父と一緒に買い物に行ったことがあります。そのとき、子供の茂助にも会いました。

ところが、茂兵衛さんは間もなく、病気で亡くなってしまいましてね。

父は死の直前まで、事あるたびに、言っていました。

『茂兵衛さんが生きているうちに恩返しができなかった。それが心残りだ』

あたしは、そんな父の繰り言を聞いて育ったのです。

父の喜兵衛が死んだあとですが、茂助が一度、ここに挨拶に来たことがありました。四ッ谷塩町の呉服屋に奉公しているとのことでした。あたしは、古着屋から呉服屋は出世だと思ったのですがね。

しかし、おたがい父親が死んでしまうと、とくに付き合いはなくなりましてね。もう、ほとんど忘れておりました。

二カ月ほど前だったでしょうか、茂助がひょっこり現れましてね。住む場所がないので、しばらく置いてくれと言うのです。泣きついてきたと言ってもよいでしょうな。

あたしが理由を尋ねたところ、茂助は、

『女でしくじってしまい、店を追い出されたのです。くわしいことは勘弁してください』

と言ったばかりで、じっとうつむいていましてね。

そのとき、あたしの頭に浮かんだのが父の言葉です。そして、あたしは心に決めたのです。父ができなかった茂兵衛さんへの恩返しを、あたしが息子の茂助にしよう、と。

そこで、あたしはくわしいいきさつも聞かず、茂助を居候させたのです。寝起きする部屋は物置同然でしたがね。ですから、あたしはべつに恩に着せるつもりはありません。

本人も気を遣って、自分からいろいろ手伝いをしていたようです。番台に座ることもあったのでしょう。

ところが、いま思うと、日高さまのお屋敷で事件がおきた日ですが、茂助があたしの前にやってきて、

『長い間、お世話になりました』

と挨拶をするではありませんか。

突然だったので、あたしも驚いたのですがね。

『これから、どうする気なのだい』

『ちょいと知り合いがいるので、そちらへ』

と、くわしいことは言いませんでしたが、決意が固そうだったので、あたしもそれ以上は問い詰めなかったのです。いま思うと、決意が固かったのではなく、思いつめていたのかもしれません。

翌日、日高家の使いが来て、茂助が死んだことを伝え、遺体を引き取れと言わんばかりでした。

あたしは茂助は奉公人でも親類でもないので、こちらが遺体を引き取るいわれはないと、きっぱり断ったのです。

これが、あたしが知っているすべてです」

喜左衛門の話が終わった。

聞きながら、重行は少なからぬ感動を覚えた。

信州の農村から江戸に出てきて、励まし合いながらそれぞれ店を持った、ふたりの男の友情物語でもあろう。

また、喜左衛門の説明に、これまで知り得た事実と、とくに矛盾はない。真実を語っていると判断してよかろう。

「なるほど、そういういきさつでしたか。お手前は善意で、茂助どのを居候に置いていたわけです。もし茂助どのの事件が表沙汰になっても、お手前の責任が問われることはありますまい。

ところで、茂助どのが奉公していた四ッ谷塩町の呉服屋の屋号は、ご存じですか」

「え～、ちょいと、待ってくださいよ」

喜左衛門はしばらく目を細めて考えていた。

急に顔をほころばせる。ようやく思い出したようである。

「そうそう、『信州屋』です。きっと主人は信州の出身でしょうな。茂助の父親は信州の出身ですからね。信州の縁で、倅の茂助を信州屋に奉公に出したのかなと、思ったことがありました。

いえ、これは、あたしが勝手に想像しただけですぞ」

「信州屋という屋号がわかっただけ充分です。

最後に、教えていただきたい。お昌という女はご存じですか。茂助どのが日高家の屋敷に侵入し、包丁で刺した相手ですが」

「いえ、まったく思い当たる女はいません」

喜左衛門がきっぱりと言う。

重行はこれまでの話の内容から、喜左衛門が本当に知らないのだと判断した。

「これは、気持ちですが」

喜左衛門がふところに手を入れた。いくばくかの金を用意していたらしい。

「不要です」

重行はきっぱりと言い、立ち上がった。

（四）

目的の店は、四ツ谷塩町の表通りにあった。

軒先に吊るした看板に、

塩町
呉服物品々
信州屋

と書かれていた。

通りに面した店内では、客の男や女に、手代らしき男が反物を見せて話をしていた。いっぽうで、丁稚が反物を抱えて行き来している。

成島重行が店先に腰をおろすと、すぐに手代がそばに座った。

「いらっしゃりませ」

「信州屋に迷惑はかけたくない」

重行がささやいた。

手代の目に不審と、かすかな怯えがある。

「へ、どういうことでございましょうか」

「わしは隠居の重行と申すが、八丁堀の日高伝十郎の屋敷からまいった。日高伝十郎は北町奉行所の与力じゃ」

「へ、へい」

「以前、こちらで手代として奉公しておった茂助が、日高家の屋敷内で死んだ。その件について、できれば信州屋の主人と話をしたい」

「へい、少々、お待ちください」

手代が帳場の方に行った。

入れ替わるように丁稚が茶を持参し、重行のそばに置いた。

腰をかけて待っていると、店内で反物を吟味している娘と母親のやりとりが耳に入ってきた。

「お母（はは）さま、この錦（にしき）がいっそ、よろしゅうございます」

「わしは目が悪いゆえ、そなた、よう見やしゃれ」

裕福な商家の嫁と、義母のようだ。

嫁の物を買うのか、義母の物を買うのかはわからない。

いかにも風流人らしい老人が、やはり反物を前にして、手代に言っている。

「何か、ひねった模様は、なしかな」

「へいへい、さようでございますな」

返事をしながらも、手代は困っているようだ。いわゆる、小うるさい客なのであろう。

庶民や下級武士はたいてい古着屋で着物を買う。いわば既製品である。

呉服屋で反物を買い、自分用の着物に仕立てるなどは、富裕な商人や上級の武士にしかできない贅沢（ぜいたく）だった。呉服屋の客はみな金銭的に余裕のある人間といえよう。

ようやく、羽織を着た初老の男が重行のそばに座り、

「番頭の嘉兵衛（かへえ）でございます。主人はあいにく、出かけておりますので、あたくし

が代わってうけたまわりますが」

　と、丁重に頭を下げた。

　主人が武家屋敷からの使者を敬遠したのは明らかである。番頭に代わりを命じたのであろう。

「茂助は、お奉行所のお役人のお屋敷で死んだのでございますか」

「うむ、自害した。その理由を調べておるわけじゃ。日高家では、茂助の件を表沙汰（おもてざた）にはしたくないと考えておってな。そのため、目立たないよう、わしが頼まれた。腰に両刀を差した武士が、

『取り調べじゃ』

　と言って、信州屋に押しかけてきては、迷惑であろうよ」

「へい、それは、そうでございます。ご配慮、ありがとうございます」

「茂助が信州屋に奉公していたことは、すでにわかっておる。表沙汰になると、信州屋も奉行所に呼び出されることになりかねんぞ」

「へい、あたくしどもでも、できれば、それは避けたいところでございますが」

「では、表沙汰にならないよう、力を貸してくれ。茂助が信州屋から追い出されたいきさつを話してくれぬか。そうすれば、信州屋と茂助は無関係ということが明ら

かになる」

「へい、かしこまりました」

「しかし、店先で話をするわけにはいくまい」

「さようでございますな」

嘉兵衛は店の奥に招じ入れてよいものかどうか、判断に迷っているようだ。

重行が言った。

「外にしよう。近くに寺か神社はないか。境内で話をしよう」

嘉兵衛が了承し、寺の場所を説明する。

重行は説明を聞き、先に店を出た。


嘉兵衛に教えられたとおりに四ツ谷塩町の通りを歩いて行くと、先方に四ツ谷大木戸が見えた。道の両側に石垣が築かれている。

（あの先が、内藤新宿か）

道には背に荷物を積んだ馬が目立つ。中には歩きながら糞をしている馬もいた。

江戸の西郊は水運が発達していないため、物資の輸送は馬が主流だった。甲州街道の最初の宿場である内藤新宿は、馬がその象徴のようになっていた。

歩いて行くと、左手に教えられた寺があり、重行は山門をくぐって境内に入った。

わずかに葦簀掛けの茶屋があるくらいで、境内は静かだった。

重行は茶屋から遠ざかるようにして、木陰に立った。しばらくして、嘉兵衛がやってきた。

「立ち話はなんですから、あちらの茶屋はいかがでしょうか」

「いや、ここでよい。立ち聞きや盗み聞きをされる恐れがないですからな」

「へい、かしこまりました」

嘉兵衛が表情を引き締めた。

重行の身分をはかりかねていたのが、用心深さを知って、只者ではないと判断したようだ。公儀の隠密のたぐいと判断したのかもしれない。

「さっそくだが、なぜ茂助どのは信州屋を追い出されたのか」

「茂助は自分商いでかなり稼いでおりましてね」

「自分商いとは何じゃ」

「店の商売とは別に、店の品を持ち出して自分で商売することです」

「それは不正ではないのか」

重行が眉をひそめた。

嘉兵衛はかすかに笑う。

「いえ、ごく普通のことでしてね。主人は見て見ぬふりをしていると申しましょうか。儲けを出し、店の品はちゃんと元に戻しておきさえすれば、咎められることはありません。そうした自分商いで儲けを出すことは、その者の甲斐性といいましょうか、商人としての才覚を磨くことにもつながるのです」

「しかし、商売はいつも儲かるとはかぎるまい、損をすることもあるのではないのか」

「たしかに、損をすることもあります。しかし、小さな穴をあけたくらいは、大目に見てもらえるのです。商いの修業ですからね」

「ふうむ、そういうものなのか」

「ところが、茂助が自分商いで大穴をあけましてね。それも、信州屋の屋台骨を揺るがしかねないほどの大穴でした。

さすがに旦那さまも驚き、茂助を問い質したのです。すると、とんでもないことが判明しましてね。

なんと、茂助はひそかに家を借りて、女を囲っていたのです。

それから、あたくしも呼ばれ、旦那さまと共に茂助の行状を調べたのですがね。

要するに、女を囲ったこともあって大金が必要になり、茂助は危ない橋を渡っていたのです。うまくいけば儲けは大きいが、失敗した時の損も大きいという取引ですね。そして、失敗したわけです。けっきょく、茂助が作った大穴は信州屋が埋めざるを得ませんでした。その代わり、旦那さまは茂助に暇を出したのです」

重行は茂助が女を囲ったと聞き、すぐに質問したかったが、我慢した。

嘉兵衛の話が一段落したところで、口を開いた。

「女を囲っていたというのは、妾（めかけ）のことかな」

「さようです」

「その妾について、知っていることを教えてくれぬか」

「いえ、そのあたりは、あたくしもちと」

「さきほど、茂助どのが武家屋敷で自害したと言ったが、じつは女を殺そうとして包丁で刺したあと、自害したのじゃ。いちばん、肝心なとこだぞ。へたをすると、お手前も奉行所に召喚されるぞ」

嘉兵衛の顔色が変わった。

かすかに身ぶるいしたあと、しゃべり出した。

「ごく近所なのですが、高橋弥門（たかはしやもん）というお旗本のお屋敷がございます。高橋家は信州屋のお得意でして、茂助がお出入りをしておりました。

茂助は高橋家の女中を見初め、その女をいわば身請けして、囲ったのです。

『女中は表向きで、本当はお武家の娘なのよ。それが、今は俺の囲い女だからな』

と、茂助はごく親しい男に自慢していたようです」

「その女の名は」

「たしか、お昌とか聞きました」

「ふうむ、信州屋を追い出されたあと、茂助どのとお昌どのはどうなったのか」

「それは、あたくしも存じません。囲われていた家から、お昌は逃げ出したようです。その後、貸家の札が貼ってありましたから、空き家になっていました。

お昌が茂助と一緒なのかどうかも、あたくしは存じませんでした。ともあれ、茂助はもう、信州屋とは何の関係もない人間ですから」

嘉兵衛は語り終えると、懐紙の包みを取り出そうとする。

信州屋を出るときに用意したようだ。

重行がピシリと言った。

「そんなものは不要じゃ。しまっておきなさい。

その代わり、ちと用を頼みたい」

「へい、何でございましょう」

「その旗本の高橋家は、お手前も出入りしておるのか」

「手代のときは、よく出入りしておりました。いまも、時々は」

「懇意な女中はいるか。できれば、女中頭くらいの古株がよい」

「若狭という方は、手代のころから存じております」

「その若狭どのと会いたい。段取りをつけてくれ」

「それは無理でございます」

「無理を承知で頼んでおる。若狭どのが渋ったら、お昌の件を持ち出し、高橋家を守るためと言えばよかろう。必ず承知するはずじゃ」

「へい、そうかもしれませんが……。

しかし、どこでお会いになるおつもりですか」

「もちろん、高橋家の屋敷は難しかろう。外だな。

わしも、このあたりは、よく知らないのだが……。そうだ、内藤新宿の太宗寺などはどうか。寺の参詣を理由にすれば、若狭どのも外出しやすいはず」

「へい、たしかに、さようでございますな。しかし、いつにしますか」

「さすがに今日は無理だろうから、明日でもよい。よし、これから高橋家の屋敷に行こう」

「そ、そんな無茶な」

「ごく近いと言っていたではないか。ご機嫌うかがいに来たとかの理由で、若狭どのに面会し、段取りをつけてくれ。先方が渋ったら、『高橋家に難儀が及びそうでございます』とかなんとか、脅し文句を並べればよい。主家にかかわることとなれば、若狭どのは無関心ではいられないはず。わしは、門の外で待っておるぞ。さあ、行こう」

重行が強引に歩き出す。

嘉兵衛は泣きそうな顔になっていた。

（五）

内藤新宿は甲州街道の最初の宿場だが、旅籠屋の多くが飯盛女と呼ばれる遊女を置いているため、事実上の女郎屋だった。江戸の市中から近いこともあって、内藤新宿は江戸で人気の遊里でもあった。

女郎買いが目的で内藤新宿にやってくる男は多い。旅人、物資の輸送、そして飯盛女を目当てにした男たちと、内藤新宿はいつもにぎわっていた。

そんな、にぎわいの中を歩きながら、成島重行はかつて読んだ戯作『甲駅新話』（大田南畝著、安永四年）の一節を思い出した。

内藤新宿の通りを歩く、ふたりの男の会話である――

「そして、あの寺は何と言いやす。大きなものでごぜんすねえ」

「あれがたいそう寺さ。庭がまた、とんだたいそう寺だよ」

「泉水でもあるかね」

「泉水もあるが、畑もある。おそろしく広いよ」

その太宗寺に、重行は向かっていた。

いかにも隠居を思わせる黒の十徳を着て、頭には角頭巾をかぶり、孟宗竹の杖を手にしていた。

歩いていると、五ツ（午前八時頃）を告げる天竜寺の鐘の音が響いてきた。

内藤新宿の町並みの中ほど、北側に、太宗寺に通じる参道がある。

参道はごく短いが、山門をくぐると、境内は広壮だった。

（たしかに、たいそう広いな）

重行は戯作を思い出し、クスッと笑った。

境内の一角に閻魔堂があり、中に巨大な閻魔像が安座している。

「閻魔堂の前、五ツごろ」というのが、信州屋の番頭の嘉兵衛が高橋家の女中の若狭から取り付けて来た約束だった。

重行が閻魔堂の前に立ち、広い境内を見まわしていると、御高祖頭巾をした女が近づいてきた。年齢は五十前後であろうか。下女らしき若い女が供をしている。

「重行さまですか」

「さよう、若狭どのか」

「はい」

「では、あそこの茶屋で話をしましょうか。さきほどちらと見たら、甘酒などもあるようでしたぞ」

「わかりました」

若狭が振り向き、供の女にうなずく。

女は黙って立ち去った。

あらかじめ、言い含めていたようだ。

＊

重行と若狭はやや離れて歩き、葦簀掛けの茶屋の床几に並んで腰をおろした。

まだ客はほとんどいない。

男と女が茶屋の床几で話をするわけだが、重行はおたがいの年齢から考え、密通などを疑われる気遣いはあるまいと思っていた。

若狭がすんなり茶屋で話をすることに同意したのも、やはりおたがいの年齢があろう。

重行は団子と煎茶を頼み、若狭は甘酒と団子を頼んだ。

床几の上に置かれた煙草盆を使い、煙管で一服したあと、若狭が言った。

「信州屋の嘉兵衛どのから、おおよそのことをうかがいましたが」

「お昌どのが幕臣の娘であることまでは、日高家でもわかっております。

そもそも、お昌どのの実家は何家なのか。そして、なぜ、お昌どのが高橋家の女中になっていたのか。なぜ、信州屋の手代の茂助どのに囲われたのか、そのあたりの経緯を教えていただきたいのです。

じつは、お昌どのを女中として抱えていた日高家は、かなり苦しい立場にありましてな。できれば事件を表沙汰にせず、処理したいのです。こういうときの武家屋敷の苦境は、おわかりのはず」

「はい、よく承知しております。あたしが知っていることは、包み隠さずお話ししますよ」

「かたじけない。では、まず、お昌どのの素性はわかりますか」

「はい、存じております。湯島天神下にお屋敷のある、五百石の旗本で徒頭の、岡田三九郎さまの娘です」

若狭はこともなげに言う。

重行は全身からフーッと力が抜ける気がした。ある程度の予想はしていたが、かくも簡単に判明するとは思ってもいなかったのだ。

やはり、長年奉公している女中に的を絞ったのは成功だったといえよう。こうした女中が、武家屋敷の裏をすべて取り仕切っているのだ。

「ほう、岡田家の娘のお昌どのが、なぜ高橋家の女中になったのですか」

「殿さま――高橋弥門さまと、岡田三九郎さまは縁戚なのです。そんな関係があったことから、岡田家の娘であるお昌さんが、殿さまを頼ってきたのです。

『実家を飛び出してきたので、しばらく、かくまってください』

というわけですね。

殿さまは門前払いにするわけにもいかないので、いちおうその日はお屋敷に泊めておいて、急いで岡田家に問い合わせの手紙を出したのです。すると、返事は、

『お昌はすでに勘当しており、岡田家とはまったく関係はありません。お昌に何があろうと、当方はいっさい関知しません』

という、冷ややかなものでした。

困ったのが殿さまです。頭を抱えておられました。

そうするうち、お昌さんは奥方さまにすっかり気に入られてしまいましてね。

こうなると、いまさら追い出すわけにもいかず、かといっていつまでもお客さんというわけにもいかず、けっきょく、お昌さんは高橋家の女中としてお屋敷に住み込むことになったのです」

「なるほど。それで、すんなりと理解できましたぞ。

すると、茂助どのとお昌どのの出会いは高橋家の屋敷でしたか」

「さようです。茂助さんは手代として高橋家に出入りしておりましたので、いつしかお昌さんに目をつけたようでした。お昌さんが茂助さんに目をつけたのかもしれませんがね。

あたしも、ふたりの仲には気が付かなかったくらいです。

ある日、茂助さんがあたしに、お昌さんの身柄を引き取りたいと相談を持ち掛けてきましてね。あたしは驚きましたが同時に、渡りに船とほくそ笑んだものです。

もちろん、あたしの独断で決めたことではありません。殿さまや奥方さまにも相談したうえで、茂助さんの申し出を了承したのです。

正直に申し上げて、あたしはこれで厄介払いができる気分でした。殿さまや奥方さまも同じではなかったでしょうか」

「茂助どのは高橋家からお昌どのを引き取り、妾にしたわけですか」

「さようです。家を借りてお昌さんを住まわせ、下女も付けてやったようです。

あたしはそれを聞き、大店の主人や番頭ならともかく、手代の身分で妾宅を構えるのがちょっと不思議だったのですがね。やはり、無理をしていたのでしょうね。

案の定、茂助さんは店の金を使い込んでいるのがばれ、信州屋を追い出されたとか。お昌さんも前後して、妾宅から姿を消したようです」

「その後、お昌どのに会いましたか」

「いえ。高橋家には挨拶にも来ませんでした。面目なくて、顔向けできないのはわかりますけどね。

茂助さんに見切りをつけたお昌さんは、八丁堀の日高伝十郎さまのお屋敷に転がり込んだわけですね」

「そういうことになりますな。

ところで、甘酒と団子を追加で頼みましょうか」

「はい、いただきます」

重行は茶屋女を呼び、自分には茶、若狭には甘酒と団子の追加を頼んだ。

犬が一匹、床几の近くに寝そべっている。客の中には、団子を放ってやる者がいるのであろう。犬は老人と老婆のふたり連れに期待しているようだ。

「そもそも、お昌どのが実家の岡田家を出奔した、あるいは追い出された理由なのですが、本人は口をつぐんでおります。また、たとえ、しゃべったとしても、本当のことは言いますまい。

まさか岡田家に出向いて尋ねることもできませんしな。わしも、どうしたらよいものかと、途方に暮れております。なにか方策はあるでしょうか」

重行が尋ねた。

若狭が婉然と笑った。

「もう、わかっておりますよ」

「え、ご存じなのですか」

「あたしは、重行さまと同じことをしたのですよ」

「どういうことでしょうか」

「お昌さんが女中として住み込むことがきまったとき、あたしは高橋家にとって将来に禍根を残すかもしれないと案じたのです。なぜ実家の岡田家を飛び出したのか、曖昧なままでしたからね。

そこで、あたしは岡田家にひそかに連絡を取りました。そして、岡田家に古くからいる女中と会い、話を聞き出したのです。

面会した場所は、湯島天神の境内の茶屋。岡田家の屋敷は湯島天神下ですし、参詣という理由をつければ外出はできますからね。今日と、そっくり同じでしたよ」

若狭が悪戯っぽい目になる。

重行は思わず声を上げて笑った。

「ほう、まったく同じですな」

「お昌さんは、いわゆる男好きだったようですね。岡田家には、近所の武家屋敷の次男坊、三男坊がしょっちゅう出入りしていたようですが、その目的はお昌さんだったとか。

また、そうした息子連中と花見だ、紅葉狩りだ、雪見だと出かけることも多かったようです。もちろん、外出には岡田家の女中が供をしているのですが、お昌さんはしばしば途中で姿をくらますことがあったとか。

そんな娘の行状を知って、父親の岡田三九郎さまが激怒し、お昌さんのいわば取り巻き連だった次男坊、三男坊らが屋敷に出入りするのを禁じたのです。また、お昌さんの外出も厳禁しました。

ところが、ちょうどそのころ、岡田家では母屋（おもや）の一部を改修するため、大工がお屋敷内に出入りしておったのですが、その中の若い大工といつのまにかお昌さんはできてしまい、ついに駆け落ちしてしまったのです。その後、お昌さまは岡田家には戻っていません。

いったんは手に手を取って駆け落ちしたものの、けっきょく大工とは別れ、お昌さんは高橋弥門さまのお屋敷に逃げ込んだのです。

そんなことがあったため、高橋家の問い合わせに対し、岡田三九郎さまは、

『お昌はもう勘当しており、岡田家とは関係ありません』

という、木で鼻をくくったような回答を寄こしたわけだったのです」

「なるほど。お手前が調べたお昌どのの行状は、主人の高橋弥門どのには伝えたのですか」

「お家のためですからね。殿さまのお耳には入れました。とはいえ、かなり遠慮した表現にしましたけどね。

殿さまは実情を知って苦慮しているところ、茂助さんからお昌さんを引き取りたいという申し出があったのです。まさに渡りに船。殿さまも即座に了解され、あとはとんとん拍子で進んだのです」

「なるほど、そうでしたか。そこまでわかれば、もう、わしが岡田家に手づるを求めて苦労する必要はありませんな」

重行の率直な感想だった。

また、たとえ手づるを求めて話を聞いたとしても、若狭が聞き出した以上のことは知り得ないであろう。

重行は茶屋女に声をかけ、茶代をまとめて支払った。

若狭が片手を上げて合図している。見ると、供の下女は閻魔堂のそばで辛抱強く待っていた。

重行はふところに準備していた懐紙の包みを渡すに際し、どう言おうかと迷っていたのだが、これで決まった。

「お供どのは気の毒でしたな。せめて、甘酒でも馳走してやってくだされ」

包みの中身は、甘酒なら百杯以上は飲める金額である。

若狭はとくに遠慮することもなく受け取った。

「お心遣い、ありがとう存じます」

挨拶をして若狭と別れたあと、重行は混雑した内藤新宿の通りを歩きながら、

(さあ、次は、いよいよ本丸だな)

と思うと、武者ぶるいしそうだった。

(六)

日高伝十郎の屋敷内にある、余黄の隠居所である。かつては貸家にしていた戸建てだが、いまは隠居所になっていた。

この隠居所で、余黄と妻、それに下女ひとりの生活だった。力仕事の場合は、母屋の中間や下男に頼む。

同じ屋敷内とはいえ、母屋と建物が分かれているだけで、気分はかなり異なるようだ。

訪ねてきた成島重行は、隠居所の一室で余黄と対坐した。

「お昌どのと、ふたりきりで話をさせていただきたいのです」

重行が言った。

余黄がうなずく。

「うむ、いよいよじゃな。場所は、母屋の離れ座敷がよかろう」

「本当であれば屋敷の外がよいのですが、そうもいきますまい。屋敷内の庭の一角で、立ち話としましょう」

「いや、それはいかん。離れ座敷にしてくれ。それであれば、不佞も襖の陰で聞くことができる」

「それができないよう、庭にしたいのです」

「途中で口を出したりはせぬ。不佞もそのくらいは心得ておるぞ」

余黄がやや気色ばんで言った。

　重行は一歩も引かない。

「立ち聞きなどされる恐れのない場所であれば、お昌どのも心を開くかもしれません。文字通り、ふたりきりになれる場所にしたいのです。

不佞は頼まれた以上、不佞のやり方でやらせていただきますぞ」

　余黄はしばらく無言だったが、ようやく言った。

「わかった。足下に頼んだからは、足下に任そう。

それにしても、たいしたものだな。人が足下を『ご隠居同心』と呼んで一目も、二目も置いているのがよくわかったぞ」

「では、お昌どのに庭で重行という隠居と話をするように命じていただけますか。不佞は先に庭に出て、待っております。

そうですな、さきほど隠居所に来るときに、大きな欅が見えました。あのあたりで待っております」

「うむ。しかし、お昌に足下のことを何と言ったらよかろうな」

「『わしの昔の友人じゃ。あえて日高家の人間でない者に頼んだ』くらいでは、いかがですか」

「うむ、そうじゃな。そのように言おう」

余黄は隠居所を出て母屋に向かう。

重行は隠居所を出ると、庭の欅を目指して歩いた。

＊

お昌がゆっくりと歩いてくる。足元は素足に庭下駄(にわげた)だった。

重行はお昌の歩行を見ながら、やや危うさのようなものを感じた。寝ている生活が続き、久しぶりに屋外を歩くからだろうか。

しかし、しばらく歩かなかったからだけではない、やや不自然さがある。

重行は、医者の竹田玄朴の診断を思い出した。

玄朴は、快癒してもお昌の左手は不自由であろうと診断していたのではなかったか。

(そうか、左手はほとんど動かないのだな)

重行は胸が痛んだ。

左手の不自由が歩行にも影響していることになろうか。

そして、目の前にお昌を見るに及び、またもや重行は胸を締め付けられる気がした。

小鼻がやや広く、上唇がちょっとめくれるように厚かった。目は大きく、しかも潤いを帯びている。淫蕩な色気を発しているといおうか。いわゆる、男好きのする容貌だった。

しかも、着物の下の体には、あちこちに真白な包帯が巻かれているのだ。想像するだけで、淫靡な高ぶりを感じる。

「お待たせしました。昌でございます」

女にしてはやや低い声だった。

けっして清冽な声ではない。やや濁りがあると言おうか。だが、男の官能を刺激する声だった。

重行はややどぎまぎして言った。

「隠居の重行じゃ。ところで、傷の具合はどうか」

「お医者さまの話では、数日のうちに抜糸できるであろうということでした」

「ほう、それはよかった。医者は竹田玄朴先生じゃな。じつは、玄朴先生はわしの家の向かいに住んでいてな。いわば、ご近所付き合いをしておる」

重行としては、まず外堀を埋めていくつもりだった。

つまり、嘘をつくのは無駄だと知らせていく作戦である。

さらに、外堀を埋めていく。

「四ッ谷塩町の旗本・高橋弥門どのの屋敷に奉公する、若狭と言う女中がいる。そなたも知っているはずだが。わしは若狭どのに会い、話を聞いてきた」

お昌は無言である。

「呉服屋の信州屋も訪ねた。番頭の嘉兵衛どのから、手代の茂助どのに関しても、くわしい話を聞いた」

依然として、お昌は無言である。

重行が静かに言った。

「そなたは、湯島天神下に屋敷のある、旗本で徒頭（かちがしら）の岡田三九郎どのの娘じゃな」

「はい、さようです」

お昌は表情を変えることもなかった。

いずれ知れると、すでに覚悟をしていたのであろう。

「実家の岡田家を大工と駆け落ちしたあと、高橋弥門どのの屋敷に落ち着くまで、そなたはどうしておったのか」

「大工仲間の家を転々としていたのですが、そのうち行き詰まりましてね。酒を呑（の）んで仲間同士、

『女を吉原に売れば、かなりの金になるぜ』

などと冗談を言っているのが聞こえたのです。あたしは、これは冗談どころではないと思いましてね。それで、逃げ出し、高橋さまのお屋敷に駆け込んだのです。武家屋敷であれば、いくら大工が束になっても、手を出せませんから」

「ふうむ、その後、茂助どのが危うい事態になると、またもや逃げ出して日高家に駆け込んだわけか。そなたの生き方は、まさに波瀾(はらん)万丈だな。

ところで、なぜ日高家をえらんだのか」

「お奉行所の与力のお屋敷に入れば、誰も手を出せないと思ったものですから」

「なるほどな」

相槌(あいづち)を打ちながら、重行は口に出すべきかどうか迷っていた。

知らないなら、知らないままでもとくに支障はない。このままでも決着は付けられる。

だが、これが謎を解く最後の機会であろう。

重行は思い切って言った。

「日高伝十郎どのとは寝ていたのか」

「はい」

お昌はあっさり答えた。

口元にうっすら笑みすら浮かべている。

（やはりな……）

重行は自分の勘があたっていたのを知った。

日高家にお昌が居ついてしまったことに漠然とした疑問があったのだが、これでわかったと思った。

苦々しく、腹立たしいが、男に共通する愚かさだとも思う。こうした男の愚かさは、町奉行所の与力という地位や役職とは無関係である。

伝十郎はお昌をひと目見たとき、淫心を揺すぶられたに違いない。色香に迷ったと言ってもよかろう。そのため、屋敷に置くことを決めたのだ。

当主が決めたとあれば、もう誰も表立って反対はできない。その結果、お昌の素性はろくに調べられなかったのだ。

いっぽうのお昌は、伝十郎を籠絡する自信があったのであろう。ゆくゆくは、側室の地位を手に入れるつもりだったのかもしれない。

屋敷内の情事だけに、気づいた者はいたろう。もしかしたら、伝十郎の妻の耳にも入っていたかもしれない。

だが、武士の妻たる者はこうしたとき、嫉妬をむき出しにしたり、取り乱したりしてはならないとされていた。伝十郎の妻は見て見ぬふりをしていたのであろう。ただし、余黄は母屋と離れて住んでいたため、知らされていなかったのだ。もちろん、本人の鈍感もあろうが。

重行は余黄にやや同情を覚えた。

「この件は、ここだけの話にしておこう。わしは、隠居の余黄さんにも伝えないつもりじゃ。よいな」

「はい」

「傷が癒えたら、どうするつもりじゃ。日高家に居続けることができないのは、そなたもわかっていよう。もう伝十郎どのは頼みにならぬぞ」

「はい、それはわかっておりますが、次の行先はまだ決めておりませぬ」

その答えを聞きながら、重行はお昌がまだ自分の容色に自信を持っているのを感じた。

もしかしたら、布団で横になりながら、次の武家屋敷を頭の中で考えているのだろうか。

「では、これまでとしよう。元気でな」

「はい、ありがとうございます」

お昌がゆっくりと母屋に戻っていく。

＊

隠居所に行くと、余黄が酒の準備をして待っていた。

「たいした肴(さかな)はないが、まあ一杯、やってくだされ」

「ほう、随分、うまそうな物が並んでいますな」

重行が驚いて言った。

平茸(ひらたけ)の付け焼きや、平目のせんば煮、玉子焼きなどが並んでいる。

「仕出料理屋から取り寄せた。日高家の奉公人には、こんな料理は無理じゃ」

「成島家でも、とうてい無理ですぞ」

ひとしきり笑ったあと、重行が口調を改めた。

「判明したことを、これから述べますが、よろしいですか」

「うむ、頼みますぞ」

「お昌どのは、湯島天神下に屋敷のある、徒頭の岡田三九郎どのの娘です。男出入りがやまないため、父親の三九郎どのがお昌どのを叱責(しっせき)し、外出も禁じたのです。

しかし、男と駆け落ちし、屋敷を出奔しました。

いったん駆け落ちはしたものの、お昌どのは男から逃げ出し、旗本の高橋弥門どのを頼ったのです。岡田家とは遠縁にあたるようですな。高橋家でも処遇に困り、女中の扱いで屋敷に置いていたのです。

四ッ谷塩町に信州屋という呉服屋があり、お得意である高橋家に、茂助と言う手代が出入りしておりました。この茂助どのがお昌どのを見初め、高橋家に掛け合って身柄を引き取り、囲者にしたのです。

かくして、戸建ての妾宅（しょうたく）に下女付きで住むという、お昌どのは安楽な生活を手に入れたのです。ところが、茂助どのが店に大損をさせたのが発覚し、信州屋を追い出されました。

お昌どのはいち早く逃げ出しました。金の切れ目が縁の切れ目はもちろんですが、借金取りに追われるのを恐れたのかもしれません。そして、わずかな縁を頼りに、日高家に逃げ込んだのです。当主の日高伝十郎どのは町奉行所の与力ですからな。役人の屋敷であれば安全と思ったのかもしれません。

いっぽう、茂助どのは、死んだ父親同士の縁を頼りに、南茅場町の吉乃湯に転がり込んだのです。いわば居候ですが、番台にあがったり、掃除をしたりと、手伝いをしておりました。

お昌どのは八丁堀、茂助どのは南茅場町と、はからずも隣町に住んでいたわけですが、おたがい夢にも知りませんでした。

ところが、お昌どのが吉乃湯に来ているのに茂助どのは気づき、そっと跡をつけて、日高家の屋敷にいることを知ったというわけです。

考えれば考えるほど、茂助どのはお昌どのへの憎しみと恨みがつのったのでしょうな。ついに、お昌どのを殺し、自分も死ぬ決意を固めたのです。

当日、茂助どのは日高家の屋敷に侵入し、用意の包丁でお昌どのを刺し、自分の腹にも突き立てました。普通なら、ふたりとも間もなく死んでいたでしょうな。

しかし、日高家がふたりに応急の血止めを施し、医者の竹田玄朴先生を呼びました。そして、お昌どのは一命をとりとめました。だが、茂助どのはあえなく死んだ、というわけです」

重行が語り終えた。

けっきょく、伝十郎とお昌の情事には言及しなかった。

余黄は感服している。

「う～ん、よくぞ、そこまで調べ上げましたな。足下が南町奉行所の同心のとき捜査の経験がなかったとは信じられぬぞ」

重行はなまじ役人でなく、隠居の立場だからこそ話を聞き出せたのだと思ったが、口にはしなかった。

「おかげで、これで謎がすべて解けましたぞ。

しかし、懸案が残っておりましてな。お昌の扱いです。

玄朴先生から全快のお墨付きを得た段階で、いくばくかの金をあたえて、屋敷から追い出そうかと考えておるのですがね。ただし、日高家の屋敷を出た途端、どこかで行き倒れになるのも不憫な気がしますしな。どうしたらよいものですかな」

「足下の惻隠の情はわかりますが、とにかく一日も早く、お昌どのを日高家の屋敷から放逐すべきですぞ」

重行が力説した。

伝十郎とお昌の仲を再燃させてはならない。それだけは避けるべきであろう。

「余黄さん、ここは、実家の岡田家に引き取ってもらうのが最善ではないでしょうか」

「しかし、お昌が素直に実家に戻るとは思えませぬが」

「ご子息の伝十郎どのが、岡田三九郎どのに手紙を出してはいかがでしょうか。

お昌どのが巻き込まれた事件を伝え、日高家では八方手を尽して、岡田家の家名が表に出ないようにしたと強調するのです。岡田家で把握しているのは、お昌どのが高橋弥門どのの屋敷にいるところまでのはず。いつの間にか、お昌どのが紆余曲折を経て、八丁堀の武家屋敷で情痴事件を起こしたと知れば、それこそ仰天し、狼狽するはずですぞ。なにせ、岡田三九郎どのは徒頭ですからな」

重行が幕府の役職に言及した。

御徒衆は、将軍が江戸城から外出するとき、先駆して道筋などを警固するのが任務である。平常は、城の玄関に近い檜の間に詰めており、二十組あった。それぞれの組を率いるのが、徒頭である。

徒頭ともなれば当然、体面を重んじる。

「このまま娘を放置していたら、この先、どんな醜聞や不祥事を引き起こすかしれない——岡田三九郎どのはそう考え、お昌どのを引き取るはずです」

「う～む、なるほど、足下はなかなかの軍師じゃな」

余黄が嘆声を発した。

重行は勧められるままに盃を重ねながら、陶然とした酔いに包まれていた。やはり、謎を解いた満足感があった。

「よかったら、泊まっていくがよい。布団はあるぞ」

余黄の声もかなり酔いがまわっているようだ。

# 第三章　中宿

## （一）

〽嵯峨や御室の花盛り、浮気な蝶も色かせぐ、廓の者に連れられて、外珍しき嵐山。

格子戸の外に立って、家の中から漏れてくる三味線の音色と浄瑠璃の文句に聞き入りながら、お俊がうっとりしたように言った。

「お師匠さんの三味線の音締めはいいわね。つい、聞きほれてしまうわ。常磐津の『将門』の文句もいいわね」

「へい」

供の女中のお村が返事をしたが、三味線の音色はともかく、浄瑠璃の意味はまったくわかっていないようだ。

お俊が格子戸をあけると、土間になっていた。数足の女物の下駄が並んでいる。

土間を上がると八畳の部屋で、奥に台所と雪隠がある。また、八畳の部屋の右隅に、二階に通じる階段があった。

八畳の部屋では、常磐津文字舟が三味線を膝に置き、右手に撥を持っていた。向かい合って座っているのは十二、三歳くらいの女の子で、やはり三味線を抱えている。ふたりのあいだには小机が置かれ、上には常磐津の稽古本が広げられていた。

師匠の文字舟が浄瑠璃を口ずさみ、三味線を弾く。弟子はそれを聞いて覚え、実際にやってみる、いわば口移しの稽古だった。

お俊は土間から上がると、順番待ちをしている十四、五歳の女の子のそばに座った。

「お早う、お花ちゃん」

「あら、お俊ちゃん、お早う」

お花がうれしそうに笑った。

ひとりで待っているのは退屈だったようだ。町内の米屋の娘である。

順番待ちの間、人の稽古を聞いているのも稽古のうちなのだが、実際は弟子同士、おしゃべりをするのが何よりの楽しみなのだ。

お村は遠慮がちに部屋の隅に座っていた。

「そうそう、お俊ちゃん、お糸ちゃんのこと、聞いてる？」

「え、どうかしたの」

「一昨日の夜から、家に帰っていないんだって」

「え、知らなかったわ」

「一昨日、日が暮れてから、お姉さんのお鉄さんが内に、

『お糸は来ていませんか』

と、尋ねにきたの。

お糸ちゃんはよく、内に遊びに来ていたからね。

そのあとも、お鉄さんとおっ母さんが、あちこち聞きにまわっていたみたいだけどね。

あたしも気になったから、今日、ここに来る途中、唐辛子屋に寄って、お糸ちゃんはどうしたか、おっ母さんに尋ねたのよ。まだ、帰ってないってことだった。随分心配そうだったわよ」

お花が小声で言う。やはり、稽古中なのに遠慮していた。

お俊も小声で応じた。

「そうなの。それは心配だわね。

でもさ、女の帰りがちょっとでも遅くなると大騒ぎになるけど、男の場合は、た

とえ夜、帰ってこなくっても、さほど心配しないわよね。

『どうせ女郎買いだろうよ。どこかに、しけこんだに決まってらぁ。そのうち、面目なげな顔をして帰ってくるぜ』

てな具合よ。まったく、男と女で大違いだわ」

「お俊ちゃんは相変わらず口が悪いわね。

そうだ、今日、お昼ごはんが終わったら、内に遊びに来ない。双六をやろうよ」

「行きたいんだけど、お昼を食べたら、兵法書の講義を受けに行く予定があるから、ちょっと無理ね」

「ヘイホーショって、何なの」

「戦い方の奥儀を書いた本ね」

「そんな本があるの。教えてくれるお師匠さんがいるの」

「本は漢文で書かれていてね。つまり漢字ばっかりなのよ。とても読めないから、お師匠さんに講釈してもらっているわけ」

「ふ～ん、お俊ちゃんは武芸者を目指しているんだもんね」

「本当は、お三味線の稽古より、道場で剣術の稽古をしたいんだけどね。お父っさんとおっ母さんは許してくれそうもないし」

「そして、嫁入りの話でしょ」

「そうそう、嫁入り。ゾッとするわね」

いつしか、お俊とお花は笑い興じている。

文字舟が三味線を弾きながらキッと、ふたりを睨んだ。

あわてて、お俊とお花は口を閉じた。

（二）

常磐津文字舟の稽古所からの帰り道、お村がためらいがちに言った。

「お嬢さま」

その表情はいかにも不安そうである。

「え、どうかしたの」

「さきほど稽古所で、お花さんが、お糸さんが一昨日の夜から家に帰っていないと言っていましたよね」

「ええ、それがどうかしたの」

「あたし、一昨日の昼過ぎ、深川でお糸さんを見かけたのです」

「え、どういうこと。くわしく説明しなさい。

いいえ、ちょっと待って。そもそも、本当に深川なの。永代橋という長い橋を渡って隅田川を越えたの」

お俊は、お村の地理感覚そのものに疑念をいだいた。

お村は主人に問い詰められ、泣きべそをかきながら答える。

「へい、永代橋を渡って隅田川を越えました」

「ふ～ん、じゃあ深川だわね。でも、なぜ、深川なんぞにひとりで行ったの。お使いに、ひとりで深川まで行かされたの」

「ひとりじゃありません。ご新造さまのお供でして、丁稚の定吉どんも一緒でした」

「なんだ、おっ母さんのお供だったの。それを早く言いなさいよ。

おっ母さんが深川に行ったとなれば、実家だわね。誰かの縁談が決まったとか、そういうことかしら。まあ、そんなことはどうでもいいわ。

深川のどこで、お糸ちゃんを見たの」

「それが、どう言っていいのか。初めての場所でしたから」

「そうね、口で言うのは難しいかもしれないわね。じゃあ、実際に深川に行ってみれば、その場所はわかるかい」

「へい、それは、わかります」

「じゃあ、これから深川に行くわよ。お糸ちゃんの行方をさがすためだからね」

「でも、お嬢さま、帰りが遅くなると、番頭さんに叱られます」

お村はおろおろしている。

お俊が自信たっぷりに言った。

「あたしが一緒なんだから、番頭に文句なんか言わせないわよ。安心なさい。

さあ、行くわよ」

お俊は方向を変え、永代橋を目指して歩き出した。

あとから、心配そうな顔をしたお村がついていく。

永代橋を渡ると、深川佐賀町(さがちょう)である。

「ここから先は、任せるわよ。わかるわよね」

お俊がたしかめた。

お村が受け合う。

「へい、歩いて行けば、わかります」

お村が先に立って歩き出す。

しばらく歩いたかと思うと、お俊がもったいぶって言った。

「お腹がすいたわね。『腹が減っては軍はできぬ』というから、ここは何か、お腹に入れておくべきね。これからが肝心ですからね。

あたしはふと気づいたんだけどね、あそこは、何か食べる店かしら」

お村は、お俊が指さす先を見た。

店先に日除けの葦簀をかけた、簡易な蕎麦屋である。出汁の香りが道にただよっていた。

「へい、あそこは蕎麦屋ですね」

「へえ〜、蕎麦屋なの。女ふたりで入っても、食べることはできるかしら」

「へい、床几に腰かけて食べることになりますけどね」

「あたしはまだ、こういうところで食べたことがなくってね。値段はいくらぐらいなのか、知っているかい」

「へい、かけ蕎麦が一杯十六文です」

お村が恥ずかしそうに言った。

じつは、女中仲間と一緒に、おたがいコツコツためた使いの駄賃を奮発して、外出の機会を利用し、蕎麦屋でかけ蕎麦を食べたことがあったのだ。

奉公先には内緒の外食だけに、ひとしお美味に感じられる。お村にとっては夢のような体験だった。

女ふたりで床几に隣り合って腰かけ、かけ蕎麦をすすりながら、お村は世の中にこんなおいしい物があったのかと、感激したものだった。

「じゃあ、二杯で三十二文だわね」

お俊が財布の中身をすばやくたしかめた。

ふたりで蕎麦屋に入る。

お村が注文した。

ふたり、床几に腰かけて、かけ蕎麦を食べる。

麵(めん)に濃い汁がかけられているだけで、具は何もない。

それでも、お俊は初めてだけに、

「おいしいわね」

と、言いながら、汁の最後の一滴まできれいに飲み干した。

蕎麦を食べたあと、ふたたび歩く。

「このあたりですね」

お村が言った。

お俊はあたりを見まわす。

大きな掘割があり、俵や樽を満載した荷舟がひっきりなしに行き交っている。

掘割に沿って河岸場がもうけられ、多くの人足や、商家の奉公人らしき男が行き来し、活気にあふれていた。

道に面して、二階建ての表長屋があった。一軒の間口は二間（約三・六メートル）で、一階が店舗、二階が住居である。干物屋、瀬戸物屋、古着屋、八百屋、餅菓子屋が並んでいた。

お村が表長屋を見ながら言う。

「ご新造さまが、あの餅菓子屋でお土産を買うことになって、あたしは道で待っていたのです。

すると、あの瀬戸物屋から、お師匠さんのところで見かけたことがあるお武家さまが出てきたのです。すたすたと歩いて行ったので、すぐに姿は見えなくなりました」

「お武家……、そういえば、文字舟師匠に常磐津を習いに来ているお武家がいたわね。一度か二度、すれ違ったくらいだけど、お村、よく覚えていたわね」

「へい、あたしはじっと座って待っているので、けっこう、お弟子さんの顔をながめているのです。それで、いつの間にか覚えてしまいます。

お武家さまは瀬戸物を買った様子もないので、あたしが変だなと思ってぼんやり見ていると、しばらくして店の奥からお糸さんが出てきたのです。やはり、買い物をした様子はなくて、すたすたと歩いて、すぐに姿が見えなくなりました」

「ふ〜ん、たしかに、変だわね。

あたしは最初、お糸ちゃんは男と駆け落ちして、どこかに隠れ住んでいるのではないかと疑ったのよ。それで、居場所をさがしてみようと思ったのだけど、男と一緒にいる様子でもないわね。

それにしても、怪しいわ。う〜ん、どうしようかしら。

とりあえず、今日はこれで引き上げるとして、後々のために、たしかめておいた方がいいわね。

お村、お店の人に、ここは何という町か、そして目の前の川は何という川か、聞いてきておくれ。ただし、瀬戸物屋はやめておきなよ。顔を覚えられると、まずいかもしれない。別な店にしな」

お俊に命じられ、お村が干物屋に入っていった。

しばらくして戻ってくるや、報告する。

「ここは深川永堀町（ながほりちょう）というそうです。あの川は仙台堀（せんだいぼり）です」

「よし、今日はここまでとしましょう。

そうだ、ついでに餅菓子を買っていこうか。一緒に食べようよ」

「へい」

お村の顔が輝いた。

（三）

最初、成島重行はお俊に「お師匠さん」と呼ばれるのは好ましくないと思っていた。面映（おもは）ゆさもあった。

だが、考えてみると、まがりなりにも兵法書を教えているのに違いはない。

それに、お師匠さんと呼ばれることで、重行もお俊に呼びかけやすくなった。というのは、お俊は、サブロ長屋の持ち主である俵屋新右衛門の娘である。「ちゃん」付けで呼ぶのは変だしと、迷うところがあったのだが、自分が師匠の立場であれば、弟子は呼び捨てにできる。

いつしか、「お師匠さん」と「お俊」という呼び方になっていた。

今日も、お俊は『尉繚子』の講義を受けに来ていた。

重行はひそかに、お俊に向学心があるのはもちろんだが、外出の口実になっているのが大きな理由ではなかろうかという気がしていた。

お俊は家に閉じ込められているのが嫌なのに違いない。「お師匠さんに漢籍を習いに行ってきます」が、外出の大義名分になっているのではなかろうか。

いっぽう、お村は重行のところに供をしてくるのが楽しみのようだ。下女のお亀の手伝いというかたちで、隣の総菜屋の料理作りにかかわれるからだ。

今日も、お村は嬉々としてお亀の手伝いをしている。

勝兵は水に似たり。夫れ、水は、至って柔弱なる者也。然れども、触る所の丘陵、必ず為めに崩る。異む無き也。性、専らにして触るること誠なれば也。

重行が読み下し、お俊が唱える。

「勝利を得る軍隊は水にたとえることができる。水はきわめて柔らかく弱いが、しかし、行く手にある丘陵を崩し、流し去る力を持つ。それは、ほかでもない、水の性質が一貫して変わらないからだ。

　まあ、こんな意味になろうかな。

　一見すると、水は強いようには思えぬ。しかし、いざとなれば、岩や木、家すら
も押し流してしまうからな」

「お師匠さんの分銅鎖も水の動きなのですか」

　お俊が大真面目に質問した。

　分銅鎖は鎖の両端に分銅を取り付けたもので、いわゆる秘武器である。

「ううむ、まあ、水の動きは理想ではあるな」

「あたしは水の動きを参考に、新しい武芸を編み出したいですね」

　そのとき、重行はいつしか余黄が部屋の隅に座っているのに気付いた。

　目が合うと、余黄が片手をあげて言った。

「不佞にかまわず、続けてくだされ」

＊

　お俊とお村が帰っていったあと、余黄が改めて重行の前に座った。

「お待たせしました」

「足下は漢学塾をやっておるのか。驚いたぞ」

「いえ、そんな大げさなものではありません。足下に聞かれてしまい、恥ずかしいかぎりです。

知人の娘なのですが、たまたま家で兵法七書の『尉繚子』を見つけたらしいのです。それで、読み方を教えてくれと頼まれましてね。まあ、我流で押し通しているようなものです」

「しかし、そばで聞いておったが、なかなか聡明な娘だな。何歳か」

「十五歳のはずです」

「ふ～む、今どき、武家の娘でも太刀打ちできる者はそうそういないぞ。現に、旗本の娘のお昌が、あの体たらくだったからな。

じつは、お昌の件で来たのじゃ」

「その後、どうなったか、不佞も気になっておりました」

「倅の伝十郎が岡田三九郎どのに手紙を出した。すぐに返書が届き、迎えの駕籠を出すと伝えてきた。娘の不祥事を知り、もはや『すでに勘当しております』ではすまないのを痛感したのであろうな。

当日、倅は奉行所に行っており、屋敷にはいなかったので、不佞が対処するしかなかった。不佞が見守る中、迎えの駕籠が日高家に着き、お昌を乗せて運び去った」

「ほう、渋ったり、抵抗したりは、いっさいなかったのですか」

「もう、観念したのかもしれぬな。左手が不自由になった。この体では、もう男を虜（とりこ）にしていく生き方は無理と悟ったのかもしれぬ。
駕籠に乗り込む前、不佞に挨拶（あいさつ）をしたのだが、畳に両手をつけぬのだよ。それでも、懸命に武家の挨拶をしようとしておってな。
あれを見ると、哀れというか、不憫（ふびん）というか、不佞は柄（がら）にもなく涙が出そうになったぞ」

余黄の声がややふるえていた。

お昌が怪我の療養をしている期間、おそらく余黄はしばしば枕元を訪れ、話をしたに違いない。

そんなふれあいを通じて、それなりに情が移ったのだろうか。それとも、お昌は余黄も籠絡（ろうらく）したということなのだろうか。

重行は日高家の庭で会ったお昌を思い出した。

たしかに、男を引きつける魔力があった。魔性（ましょう）の女と形容すべきなのだろうか。

「実家の岡田家に戻ると、お昌どのはどうなるでしょうな」

「うむ、もしかしたら座敷牢に押し込められるかもしれぬ。それとも、屋敷の片隅で静かな余生を送るのかのう。それはわからぬ。というより、岡田家からは何の知らせもない。もはや日高家に知らせるつもりはないのであろう。駕籠に乗せて送り出した時点で、日高家にとってお昌の件は完全に落着じゃ。そう思うしかなかろう」

「そういうことですな」

「足下には世話になった。改めて礼を言いますぞ」

余黄が頭を下げた。

＊

余黄が帰ってしばらくすると、路地のどぶ板を下駄で踏み鳴らす、あわただしい足音が近づいてきた。

「ご隠居、大変ですぞ」

大家の三郎兵衛が土間に入ってきた。

まさに、闖入とでも言うべき勢いである。

もどかしそうに下駄を脱ぐと、部屋に上がり、重行の前に座った。

「どうしたのですか」

「どうしたも、こうしたも、唐辛子屋の娘のお糸が殺されましたぞ」

その瞬間、重行の頭に、お乗の倅の吉五郎が浮かんだ。

(恥をかかされた恨みを晴らしたのでは)

だが、すぐに思い直す。

女湯の騒動はすでに内済になり、吉五郎は一両の詫び金も受け取っている。いまさら、お糸を襲うはずはない。

重行は自分が邪推したことを恥じた。

邪推のことはおくびにも出さず、静かに問い返す。

「殺されたとは、どういうことですか」

「いや、殺されたは、ちと言い過ぎでした。前言は取り消します」

三郎兵衛はややうろたえていた。

興奮のあまり自分が失言したことに、ハッと気づいたようだ。一転して、弁解口調になる。

「お糸が死んでいるのが見つかりましてね。いやもう、町内は噂でもちきりですぞ。お糸の件では、ご隠居にもいろいろお世話になりましたからな。それで、何はともあれ、ご隠居には知らせなければならないと思いましてね」

「そうでしたか。最初から、順序だてて話していただけますかな」

「へい、では、順にいきましょう。

けさ、若い女の死体が仙台堀の上之橋（かみのはし）の柱に引っかかっているのが見つかりましてね。潮の加減だったのでしょうな。普通だったら、隅田川に流れ、そして海に流れて、そのまま海の底に沈んでいたはずですぞ」

「申し訳ないが、仙台堀と上之橋の場所がわからぬのですが」

「へいへい、そうですか。仙台堀は深川を流れる掘割で、隅田川にそそいでおります。上之橋は、仙台堀が隅田川に注ぎ込む、いわば河口に架かっている橋ですな」

「すると、場所は深川なのですな」

「さようです。自身番から人が出て、死体を引き上げたそうでしてね。お奉行所のお役人の検使もすんで、溺死（できし）と決まりました」

　重行は直接の死因は溺死だとしても、他殺なのか自殺なのか、あるいは事故なのかが肝心な点だと思った。

おそらく、定町廻り同心、あるいは臨時廻り同心が検使を求められたのだろうが、あまりに杜撰な検屍と言えよう。

だが、自分が現場に検使におもむいたわけではない。「杜撰な検屍」と評するのは、机上の空論かもしれない。

とくに外傷がなく、決定的な目撃証言もなければ、溺死としか言いようがないであろう。かくして、死因は溺死――これで決着。

重行は黙って相手の話をうながす。

「顔を知っている人はいなかったのですが、死体のふところに常磐津の稽古本があり、そこに、

みなみかやばちょう

こまつや　いと

と書いてあったのです。もちろん、文字は水に濡れてにじんでいたのですが、どうにか読み取れたそうでしてね。平仮名ばかりで書いていたので、かえってよかったのでしょうな。

　すると、ある男が、南茅場町の小松屋といえば、唐辛子屋じゃねえかと気づきましてね」

「ほう、屋号は小松屋だったのですか」

「それで、すぐに人が唐辛子屋に知らせに走ったわけです。そこで、唐辛子屋の亭主が深川に行き、娘のお糸だと確認したわけですな。

　さきほど、遺体は戸板にのせられて、唐辛子屋に帰ってきましたよ」

「溺死だとしても、どうして溺れ死んだのでしょうな。足をすべらせて仙台堀に落ちたのですかな」

　重行が遠回しに疑問を呈した。

　三郎兵衛は我が意を得たりとばかりに、大きくうなずく。

「ご隠居、まさにそこですよ。そのあたりがはっきりしないため、みな、言いたい放題でしてね。そもそも、なぜ、お糸は深川にいたのか。

　お乗婆さんとのごたごたで、父親に詫び金を払わせる結果になりましたからね。それで、父親に詫びるため、入水したのではないかという人もいましてね。つまり、自殺説ですな。

　中には面白がって、

『湯屋で殴られた遺恨を晴らすため、お乗婆さんがお糸ちゃんを仙台堀のそばに誘い出し、突き落としたのじゃねえか』

などと、無責任な噂を流す野郎もいましてね。

あたしは怒鳴りつけてやりましたよ。せっかく内済になったのに、長屋から人殺しが出たりすれば、それこそ大変ですぞ」

「それはそうですな。大家のお手前は、お白洲ですぞ」

「ご隠居、おどかさないでくださいよ。あたしが一番心配しているのは、そこなのですから。

ところで、ご隠居、お糸がなぜ深川あたりで溺れ死んだか、不思議だとは思いませんか。謎ですぞ」

三郎兵衛は婉曲に、調べてみろと勧めている。

重行はその手には乗らない。

「奉行所の役人が検使をおこない、溺死で決着したのです。遺体は家に戻ったのですから、あとは粛々と葬るだけですぞ」

「へえ、まあ、そういうことになりますな。あたしは葬礼には出たほうがよいでしょうかね。迷うところです。

「では、お邪魔しましたな」

やってきたときの勢いはどこへやら、三郎兵衛は当てが外れたのか、やや落胆した足取りで帰っていった。

（四）

お俊は『尉繚子』どころではないようだった。

もちろん、お糸が深川で溺死体で発見されたことは知っていた。それを踏まえて、成島重行のもとにやってきたのである。

さっそく報告を始めた。

女中のお村と一緒に深川永堀町を調べて来たことを述べ、「そこで、お師匠さんに尋ねたのです」と言う。

お俊にとって、常磐津文字舟と重行は共に「お師匠さん」なので、ややこしい。

ここは、文字舟のことだった。

「今、稽古に来ているお武家さまは、長谷川勝人という人だけだそうです。浜町にある本多さまのお屋敷に住んでいるそうなのですが、お師匠さんもそのあたりは疎いのですよ」

お俊がじれったそうに言った。

重行は聞きながら、長谷川勝人は山崎藩（兵庫県宍粟市）本多家の家臣であろうと思った。

山崎藩の上屋敷のある浜町と南茅場町はさほど遠くない。

長谷川が藩主の参勤交代に従って江戸に出てきた勤番武士だとすれば、上屋敷内の長屋に住んでいる。文字舟の稽古所に通ってくるのは充分に考えられた。

「しかし、同じ文字舟師匠の稽古所に通っている、いわば弟子同士ではないか。そなたはなぜ、これまで長谷川どののことを知らなかったのか」

「稽古所には朝のうち、近所の娘たちがやってきます。あたしも朝御飯を食べてから、稽古に行きますから。朝のうちの稽古は、ほとんど女ですね。

夕方からは、仕事が終わった職人衆が稽古に来ます。夕方からのお弟子はほとんど男ですね。

昼間はごく暇で、時おり、長谷川さまのようなお武家や、商家のご隠居などが来る程度です。

ですから、あたしは稽古を終えて帰るとき、たまたま早めに来た長谷川さまとすれ違ったくらいなのです。ほとんど知りません。それでも、お村はかろうじて顔だけは覚えていたのですがね」

「うむ、それで辻褄が合うな」

重行はお俊の明快な説明に感心した。

長谷川が勤番武士だとしたら、昼間に稽古に来ていたのも説明がつく。

勤番武士は一般にほとんど仕事らしい仕事はなく、暇を持て余していた。しかも、国元にくらべると江戸の生活ははるかに自由である。

ただし、大名屋敷の門限はきびしく、暮六ツ（午後六時頃）には表門は閉じられる。江戸にいる間に常磐津を習うのを思いつき、長谷川は昼間、文字舟のもとで稽古を始めたのかもしれない。

「やはり深川永堀町の瀬戸物屋は怪しいですよ。あたしは、あの瀬戸物屋をさぐってみようと思うのです」

お俊が意気込んだ。

重行は背筋が寒くなった。

あまりに無謀である。ここは、何としても止めなくてはならない。

「そなたがやるべきことではないぞ」

「女には無理だということですか」

「いや、男とか女とかではなくてな」

「商人の子供には無理ということですか」

「いや、そういうことでもなくてな」

重行はお俊の反撃を受け、たじたじとなった。どうにか阻止し、あきらめさせねばならないと思うが、適当な言葉が出てこない。

＊

「ご隠居さん、ちょいと、よろしいですか」

顔を出したのは、右隣に住む喜久市の女房のお鈴だった。

喜久市は座頭で、「按摩・鍼・灸」を看板にしているが、それは表向きで、実際は高利貸しをしていた。

お鈴はお俊に向かって、

「おまえさんは、俵屋の嬢ちゃんだよね」

と、たしかめたあと、重行に言った。

「内の亭主が、おふたりさんの話を聞いていて、すごく気になったそうでしてね。お節介かもしれないが、ちょいと助言をさせてもらってよいだろうかと言っているのですよ。亭主がちょいとお邪魔しても、よろしいですかね」

「聞こえておりましたか」

重行は盗み聞きされたかと思うと、愉快ではなかった。

しかし、すぐに思い直す。盗み聞きではなく、聞こえたのである。

裏長屋の壁は薄いため、隣の物音や話し声はほぼ筒抜けだった。

重行にしても、隣の喜久市とお鈴の房事の様子をしばしば耳にしていた。聞こえていても聞こえないふりをしているのが、裏長屋の生活の知恵である。

そんな中、喜久市があえて耳にしたことを理由に申し出てきたのは、よほどのことに違いない。

「はい、どうぞ、お越しください」

重行が了承する。

その重行の声も聞こえていたのであろう。すぐに、喜久市が入口を手探りしながら現れた。

お鈴が亭主の手を取り、土間から部屋に上がらせる。

喜久市は座ると、ほぼ正確にお俊の方向に顔を向けた。

「俵屋のお嬢さんですな」

「はい、そうです」

「俵屋には日ごろ、お世話になっておりましてな」

重行はそばで聞きながら、状況がよく理解できなかった。そんな重行の不審を、目の見えない喜久市は気配で察したかのようである。

「大金を家に置いておくのは不用心ですからね。ある程度以上の金は俵屋にあずけているのです」

「ああ、なるほど」

重行は得心がいった。

俵屋は質・両替屋で、蔵もある。裏長屋暮らしの高利貸しにとって、俵屋は安心できる金の保管場所なのだ。

喜久市が女房に言った。

「煙草を頼むぜ」

「あいよ」

お鈴が雁首（がんくび）に煙草を詰め、吸口をくわえて煙草盆の火入れで火をつけた。そのあと、煙管（きせる）を亭主に渡す。

まさに、吸付け煙草である。堂に入った仕草だった。

お鈴は喜久市と結ばれる前、深川の岡場所の遊女だったが、それを亭主も本人もまったく隠そうとはしない。

喜久市は受け取った煙管で一服した。

「さきほど話題になっていた、深川永堀町の瀬戸物屋ですがね。あたしはピンときたのです。瀬戸物屋は中宿（なかやど）をやっていますな」

「え、中宿……、中宿とは何ですか」

重行は意味がわからなかった。

喜久市は言いよどんでいる。

お俊は喜久市の遠慮を察したのか、きっぱり言った。

「あたしを気にしないでくださいな。いや、あたしを女と思わないでください」

「へい、では、遠慮なく申しましょう。

二階建ての表長屋などで商売をしている商人は、一階を店、二階を住居にしております。そのため、商売をしている昼間は、二階はあいているわけですな。

そこで、昼間、男と女の逢引（あいび）きや密会に、二階の部屋を貸すのです。これを、中宿と呼んでおります。

お鈴、おめえも知っているだろう」

喜久市が女房をうながす。

亭主に後押しされ、お鈴が口を開いた。

「中宿を利用するのは、好き合った男と女です。ふたりきりになれる場所がほしいですからね。

ところが、中宿を利用して商売をしている女もけっこういましてね。

お武家と唐辛子屋の娘という組み合わせは、好いた同士とは思えませんね。お糸ちゃんは、長谷川さまというお武家から祝儀をもらっていたのではありませんかね」

お鈴がずばりと指摘した。

元遊女の推理だけに説得力がある。

重行は圧倒され、全身から力が抜ける気がした。お糸は、いわば体を売っていたのだろうか。

お俊もかなり衝撃を受けていたようだったが、それをはねのけるかのように言った。

「ですから、あたしは真相をさぐるため、瀬戸物屋を調べようと思うのです」

「いけません。世間知らずにもほどがありますぞ。俵屋のお嬢さんがそんな危ない真似をしてはいけません」

喜久市がいつにない激情をあらわにして、叱り付けた。

盲目の喜久市に厳しい口調で叱責され、さすがにお俊も反論できず、うなだれている。

重行もお俊の独断専行に反対していたのだが、いっぽうで、急に瀬戸物屋に興味が出てきたのも事実だった。

「なんなら、わしが調べてみてもよいですぞ。わしは隠居ですから、さほど警戒はされますまい。

喜久市どの、なにかよい知恵はありませぬか」

「そうですな。ご隠居が中宿を利用するのはどうですか」

「しかし、相手が必要ですからな。わしひとりでは中宿は受け入れてはくれますまい」

「じゃあ、女房と一緒に行ってくださいな」

喜久市がニヤリとした。

思いがけない提案に、重行は絶句した。

「もちろん、形だけですよ。ご隠居が、亭主のある女房と間男しているという趣向ですな。中宿にぴったりですぞ。

おい、お鈴、形だけだからな。二階にあがっても、その気になるんじゃねえぞ」

「そんなこと、そのときにならないと、わからないよ。気分次第だからね」

お鈴がしゃあしゃあと言い返す。

喜久市はおかしそうに笑っていた。

夫婦のあいだで交わされる卑猥な冗談に、重行は二の句が継げない。

お俊は頰が紅潮している。お鈴の淫蕩な色気は、お俊にもわかるのかもしれない。

思いがけない展開に、お俊はかなり怒っているようだ。

ともかく、重行がこの場を締めくくる。

「即答はできかねるので、しばらく考えさせてください」

「そうですな。ご隠居も、急に言われては、返事ができますまい。女房が必要なときは、遠慮なく声をかけてくださいよ」

喜久市が立ち上がる。

お鈴が手を差し伸べながら言った。

「おまえさん、いい匂いがしているよ。何か、おかずを買おうよ」

「そうだな、では、一緒にえらぶか」

喜久市があっさり同意する。

重行はお鈴から、亭主が吝嗇だと愚痴を聞かされたことがあった。

ところが、今日の喜久市は気前がいいようだ。俵屋の娘を叱り、助言したことで、気分がいいのかもしれない。

お鈴が喜久市の手を引き、隣の総菜屋に向かう。

「では、お鉄さんに話してみます。お村、帰るわよ」

お俊が帰っていく。

重行は喜久市の提案を考えていたため、

「ああ、そうだな」

と、なかば上の空の返事をした。

ハッと我に返る。

(え、お鉄。お糸の姉か)

重行はドキリとした。お俊はいったい、お鉄に何を話すつもりなのか。余計なことをすると、事態を混乱させるだけである。

あわてて重行が問い質そうとしたが、すでにお俊の姿はなかった。

（五）

永代橋を渡り切った、橋のたもとというのが集合場所だった。

二十歳前後の、髪を丸髷に結い、地味ななりをした女が声をかけて来た。

「ご隠居の重行さまですか」

「さよう。そなたは」

「お糸の姉の、鉄でございます」

「ああ、お鉄どのか。お俊から聞いております」

重行はお俊だけでなく、すでに大家の三郎兵衛や、お乗の倅の吉五郎からも聞かされていたので、初対面のような気がしなかった。もちろん、三郎兵衛や吉五郎のことは言及しない。

お鉄は離縁されて実家に戻ったということだった。

（三行半を渡された原因は何だろうか）

ふと、疑問が浮かんだ。

夫のある女が間男をした場合、密通自体を表沙汰にせず、別な理由をつけて離縁することが多い。

密通自体がなかったことにして、穏便に解決するのが、武士・庶民を問わず一般的だった。

もしかしたら、お鉄の離縁も密通が原因だったのかもしれない。

そんなことを想像すると、お鉄とふたりきりでいるのが、やや居心地が悪い。

重行が取り繕うように言った。

「お俊はずいぶん強引に、そなたを引っ張り出したようですが」

「お俊ちゃんは、お糸のお友達でしたからね。お俊ちゃんの気持ちはありがたく思います。

あたしとしても、お糸の死の真相がわかるとあれば、知りたいですし、それに、もし敵(かたき)が討てるなら、やはり敵討ちはしたいですからね」

「まあ、そうですが……」

重行はお俊がいったいお鉄に何を言ったのか、困惑するしかない。さらに尋ねようとしたところに、お俊とお村が現れた。

「お師匠さん、お鉄さん、お待たせしました。

では、行きましょう」

お俊が先頭に立つ。

歩きながら、重行に言った。

「お鉄さんに、お師匠さんと一緒に中宿にあがることを承諾してもらいました。お糸ちゃんのためですからね。あたしは喜久市さんに叱られたので、瀬戸物屋には近づきません。あたしとお村は離れた場所で待っています」

「うむ、それがよいな」

今度はお鉄が言った。

「いろいろ考えたのですが、いったんご隠居さまと二階へあがったあと、あたしはひとりで下に降り、おかみさんとふたりきりで話そうと思うのです。やはり女同士の方が話しやすいですから」

「うむ、それがよかろう」

重行は、二階の部屋でお鉄とふたりきりにならなくてすむと思うと、ややほっとした。

お俊が葦簀(よしず)掛(が)けの蕎麦屋(そばや)を指さした。

「帰りは、みなで、あそこでお蕎麦を食べましょう」

やや得意げである。

自分がこういう店で食べたことがあるのを、自慢したい気分のようだ。

重行も隠居してから、こういう蕎麦屋で食べるようになった。大店(おおだな)の娘であるお俊の心理を想像すると、ちょっとおかしい。

＊

入口の土間には大きな瓶(かめ)が置かれていた。

土間を上がったところには、壺(つぼ)、大小の皿、椀(わん)、鉢、急須(きゅうす)などが所狭しと並べられている。

壁際に階段状の棚がもうけられていて、重ねて用いる鉢や、椀が置かれていたが、やや高級品のようだ。

店内では、前垂をした、おかみらしき女がはたきで商品の埃(ほこり)を落としていた。はたきは反古紙(ほごがみ)を裂いて作ったのか、真っ黒だった。

重行が土間に足を踏み入れるなり、おかみは、はたきを手にしたまま言った。

「いらっしゃりませ。何をお求めですか」

「二階を借りたいのだがね。相手は、ちょいと離れたところで待っている」

「誰にお聞きになったのですか」

おかみが目を細めた。

慎重に重行を値踏みしている。

「十五くらいの女だけどね」

重行は、お俊やお鉄から教えられたお糸の顔の特徴や、目立つ黒子(ほくろ)の場所を述べた。

それまでの警戒をややゆるめ、おかみが言った。

「ああ、お巻(まき)ちゃんですか」

「わしはお糸と聞いていたが。糸巻の連想で、お糸とお巻を使い分けていたようだな」

「そうかもしれませんね」

ここにいたり、おかみはようやく信用したようだ。

「二階を貸してもらえるかな」

「へい、けっこうですよ」

「では、連れを呼びに行ってくる」

重行はいったん店を出た。

天水桶(てんすいおけ)の陰にお鉄が立っている。

「うまくいったぞ。お糸はお巻と名乗っていたようだ。

では、わしが先に行くから、ひと足おくれて、ついてきてくれ」

ふたたび重行は店に行くと、

「女はあとから来る」

と言いながら、おかみに紙包みを渡した。

喜久市の女房のお鈴から、深川あたりの中宿の相場は教えられていた。その金額より多少割り増ししている。

おかみが招き入れる。

「お履物は土間に脱いで、お上がりください。奥の左手に、階段がございます。お茶と煙草盆はお届けしますか」

「頼みます」

土間から畳敷きにあがり、焼物が並べられた奥に進むと、板敷の台所があった。

台所では下女らしき若い女が、へっついの上に置いた鍋で何か煮物を作っていた。

台所の右手に雪隠、左手に階段がある。

重行は階段をのぼり、二階の座敷に入った。

窓の障子は閉じられているので薄暗い。八畳くらいの広さがあり、片隅に布団がたたまれ、上に枕がふたつ、のっていた。

壁際に衝立と鏡台がある。

しばらくすると、お鉄が現れた。さすがに緊張するのか、表情が硬い。

座敷に入ってきても、お鉄は立ったまま、黙ってあたりを見まわしている。妹のお糸がここで男と痴態を演じていたかと思うと、やはり胸苦しいような感情に襲われているのかもしれない。

階段がゆっくりきしみ、おかみが茶と煙草盆を持ってやってきた。

「では、ごゆっくり」

そう言うや、すぐに去ろうとする。

お鉄が声をかけた。

「おかみさん、ちょいとお話が」

「へい、何でしょう」

「下でよろしいですか」

おかみはちょっと怪訝そうな顔をしたが、うなずくと階段をおりる。

おかみのあとに続くお鉄に、重行が懐紙の包みを手渡した。おかみに渡す祝儀である。

ひとり取り残された重行は煙草を吸いながら、ひたすら待つしかない。

ようやく、お鉄が階段をのぼってきたが、その足取りは重そうだった。

お鉄の頬には涙の跡がある。

「ご隠居さま、全部、聞きました」

言い終えるや、お鉄の目に涙があふれた。

重行はかけるべき言葉に迷ったが、ここは変に慰めたり、励ましたりはしないほうがよいと思った。

「怪しまれなかったか」

「あたしは正直にお糸の姉だと告げました。おかみさんは最初は驚いていましたが、ご隠居さまに頼んで芝居をし、おかみさんに話を聞きたかったのだと言うと、わかってくれて。それに、同情してくれましてね」

「そうか、では、もう引き上げてもよいか」

「はい、出ましょう」

「わしが先に出るか、それとも、そなたが先に出るか」

「ご隠居さまが先に出てくださいな。あたしは、そこの鏡台を借りて、ちょっと顔を直します。この顔じゃ、外は歩けませんから」

お鉄が目に涙をためたまま笑った。

重行はうなずきながら、お鉄に対していとしさのようなものを覚えた。

（六）

蕎麦屋は葦簀で日除けをした土間に床几が数脚並んでいたが、奥に簡素な座敷がしつらえられていた。

四人は座敷に座った。

「何でも、好きな物を頼んでくれ」

成島重行が言った。

ここは、すべて支払いを持つつもりである。

壁に貼られた品書きを見て、お鉄が言った。

「あたしは天麩羅蕎麦にしようかしら」

「え、天麩羅蕎麦……、そんな蕎麦があるの」

お俊が驚いている。

蕎麦は、かけ蕎麦だけと思っていたようだ。

「天麩羅蕎麦は、芝海老の天麩羅をのせたものよ。あられ蕎麦は、馬鹿貝の貝柱をのせたもの。花巻蕎麦は、浅草海苔を焙って揉んだものをのせたもの。しっぽく蕎麦は、蒲鉾や椎茸などをのせたもの」

お鉄が品書きを説明した。

お俊はなかば呆然としていたが、ようやく立ち直った。

「同じじゃつまらないから、じゃあ、あたしはあられ蕎麦にするわ」

「では、わしは花巻蕎麦にしようかな」

「お村、何にするの」

お俊が言った。

お村はためらいながら言う。

「あたしは、お嬢さまと同じ、あられ蕎麦にします」

「あら、あたしと同じにする必要はないわよ。なんなら、天麩羅蕎麦になさい。こういうことは滅多にないんだから、自分が食べたいものを食べな」

「へい、では、天麩羅蕎麦に」

お村がいかにも遠慮がちに言った。

やはり天麩羅蕎麦が食べてみたかったようだ。お俊にしても、本当は天麩羅蕎麦が食べたかったのだが、お鉄と同じなのは癪なので、あえてあられ蕎麦にしたのかもしれなかった。内心、お俊は地団太踏んでいるかもしれない。

重行は笑いをこらえる。

まとめて、お村が注文した。

お鉄が語り出した。

「あたしが離縁されて実家に戻ったとき、妹のお糸を見て、色っぽくなったのに驚きました。それ以上に驚いたのは、お糸がけっこうお金を持っていて、化粧品を買ったり、外で買い食いをしたりしていたことでした。

あたしは最初、お父っさんがお糸に甘く、そっと小遣を渡しているのかなと疑ったくらいです。

いっぽうのあたしは、湯銭にも事欠いていたのですがね。お父っさんはあたしには、早く再婚して家から出て行ってくれと願っていたようで、言葉の端々や態度からそれは感じられました。

いま思うと、お糸がお金に不自由していなかったのは、中宿で体を売っていたからなのですね。

いつからなのか、あの瀬戸物屋のほかにも中宿があったのかどうかは、わかりません。もう、本人から聞き出すことはできませんからね」

そこに、注文した蕎麦が次々と届いた。

重行もお俊もお村も、遠慮なく自分の蕎麦をすすった。

お鉄だけは時々、話を中断させながらも、天麩羅蕎麦をおいしそうに食べる。天麩羅蕎麦は一杯三十二文で、値段はかけ蕎麦の倍である。やはり、滅多に口にできない贅沢な食べ物だった。

「お糸は瀬戸物屋を中宿にして、お店の衆らしき若い男と会っていたようですが、ある時から、お武家さまを相手にするようになったそうです」

「その武家が、山崎藩の家臣の長谷川勝人どのだな」

重行が言った。

お俊が言う。

「ふたりは、常磐津文字舟師匠の稽古所で知り合ったに違いないわ。でも、どちらがさそったのかしら」

重行は口に出すのをためらったが、お鉄があっさりと言った。

「身内として、こういうことを言うのはつらいのですがね。国元から江戸に出てきたお武家が、深川の中宿を知っているはずはありません。きっとお糸の方からさそったのでしょうね」

重行は、お鉄が身びいきをせず、冷静に妹を見ていることに感心した。それなりに良識のある女のようだ。

吉乃湯の暴力沙汰ではお鉄・お糸姉妹が全面的に悪いことになったが、やはりお乗の方にもかなり原因があったに違いないと、重行は改めて思った。

それにしても、勤番武士である長谷川は、江戸の十五歳の町娘を相手にできると知り、狂喜したであろう。国元に帰ったとき、吉原の花魁と遊んだというよりも、町娘と色事をしたという方が、朋輩に対してはるかに自慢できるはずである。

では、長谷川とお糸の出会いはどうだったのか。

稽古所でおたがい顔だけは知っていた。たまたま道で顔を会わせて、長谷川か、あるいはお糸が気軽に声をかける。

それがきっかけで、関係が始まったと考えるのがもっとも自然かもしれない。

お鉄が眉をひそめて言った。

「でも、瀬戸物屋のおかみさんによると、お糸と会っていたお武家はふたりいるそうなのよ」

「文字舟師匠の稽古所に稽古に来ているお武家は長谷川さまだけですよ。ほかに、お武家がいるってわけね。

これでは、お糸ちゃんを殺したのが長谷川さまとは断定できないではありませんか」

お俊が怒ったように言う。

重行がきびしい口調で諫(いさ)めた。

「滅多なことを言ってはいかぬ。長谷川勝人どのがお糸を殺したという証拠は何もないのだぞ。そもそも、お糸が殺されたと断定することもできぬ」

お俊はしゅんとしている。

先日は、座頭の喜久市に叱られた。今日は、師匠である重行に叱られた。本人はこたえているだろうか。

それにしても、長谷川のほかにもうひとり、武士が存在した。

謎はさらに深まったといえよう。

(お糸の溺死(できし)の真相は……本当は殺されたのではなかろうか)

改めて疑問がおきる。

重行は、町奉行所の役人がおこなった検屍にじれったさを感じた。もちろん、自分が検屍をおこなっても、おそらく何も見抜けなかったであろうが。

# 第四章　天保銭

## （一）

「お師匠さん」

女中のお村が土間に飛び込んできた。

尻っ端折りとまではいかないが、着物の裾を帯にはさみ込み、太腿が見えていた。

両手に下駄を持っている。

はだしで走ってきたようだ。

顔を真っ赤にして、荒い息をしている。

「いったい、どうしたのか」

成島重行は驚いて言いながら、すっと背筋が冷えた。お俊の身に何か起きたに違いない。

「お師匠さんのところに、長谷川勝人さまがきたのです」

ここでお村の言う「お師匠さん」は常磐津文字舟のことであろう。重行もお師匠さんなのでややこしい。

「文字舟師匠の稽古所に長谷川どのがきたのか」

「へい。ちょうど、お嬢さまは稽古が終わったところだったのですがね。そこに、長谷川さまが現れたのです。長谷川さまは国元に帰ることになったので、挨拶に来たとか言っていました。

　すると、お嬢さまがあたしに耳打ちして、

『長谷川さまをつけるわよ。おまえはすぐにサブロ長屋のお師匠さんに伝えておくれ』

ということでした。

　それで、あたしは急用ができたふりをして、稽古所を抜けてきたのです」

「何だと、お俊は長谷川どのを尾行するつもりなのか」

　重行は胸苦しいほどの緊張を覚えた。

　続いて、怒りがこみあげてくる。

　あまりに無謀である。軽挙妄動といってもよかろう。

（いったい、長谷川どのをどうするつもりなのか）

　長谷川はお糸と情交していたが、強淫ではない。合意の上の行為であり、しかも金を払っていた。そもそも、お糸の方からさそった可能性が高い。

さらに、お糸が殺されたという証拠はない。まして、長谷川がお糸を殺したという証拠はどこにもない。

（長谷川どのを挑発して、ぼろを出させようという魂胆なのだろうか）

重行は考えれば考えるほど、腹立たしくなってくる。

だが、お俊が危険に直面しているのは事実だった。

放ってはおけない。

「よし、行こう。まず、稽古所（けいこじょ）に案内してくれ」

重行は外出に当たり、孟宗竹（もうそうちく）でできた杖（つえ）を持っていくことにした。

長谷川は腰に両刀を差している。刀に対して竹製の杖は心もとないが、ないよりはましであろう。

「あら、お村ちゃん、足が泥だらけじゃないか。それじゃあ、下駄がはけないよ。これで拭（ふ）きな」

お亀が雑巾（ぞうきん）を渡している。

お村は受け取った雑巾で足を拭いて、ようやく下駄をはき、まくり上げていた着物の裾もおろした。

＊

「稽古所はこの新道にあります」

お村が南茅場町の表通りから新道に入りながら言った。

新道は横丁には違いないが、裏長屋の路地よりは広い。しかも、両側には戸建ての家が並び、大店（おおだな）の通いの番頭や、流行（はや）っている医者、裕福な旦那（だんな）の囲者などが住んでいた。

文字舟の稽古所は二階建ての仕舞屋（しもたや）だった。

入口の格子戸の横に、数鉢の万年青（おもと）が置かれている。水をやったばかりなのか、万年青の緑はつややかに光っていた。

中から三味線の音色が響いてくる。

「ここです」

「長谷川どのとお俊は、まだ中にいるのかな」

「のぞいてみますね」

お村が格子戸を細目に開けて、中をのぞいた。

振り返った顔は、もう泣きそうになっている。

「いません。お嬢さまも、長谷川さまも、いません」

「行先は」

「わかりません」

重行は胸の動悸が速まるのを覚えた。

（ふたりは、どこか）

焦りを感じる。

長谷川が帰る先は、浜町にある山崎藩の上屋敷ではなかろうか。

ここから、浜町へはどう行くか。

（落ち着け、落ち着け）

重行は自分に言い聞かせながら、南茅場町から浜町までの道筋を思い浮かべる。

鎧の渡しで、渡し舟に乗って日本橋川を越える方法もある。だが、ここから渡し場まで行くよりは、そのまま歩いた方が早い。

歩いて行くとすれば、まず霊巌橋を渡って越前堀を越える。

次に、湊橋を渡って日本橋川を越える。

さらに、箱崎橋を渡って箱崎川を越えれば小網町である。小網町の町家を抜けると、大名屋敷が並ぶ武家地となる。山崎藩の上屋敷も、この武家地にあった。

（うまくすれば、追いつくかもしれぬ）

重行は急ぎ足で歩き出した。

「急ぐぞ」

「へい」

お村が懸命についてくる。

（二）

箱崎橋を渡ると、行徳河岸があった。小網町と下総の行徳（千葉県市川市）とのあいだを結ぶ定期船の発着場所である。

ちょうど行徳からの舟が着いたところのようだ。乗客とともに、野菜などの積荷もおろされる。舟からおりた人々に、茶屋女たちがしきりに声をかけていた。

茶屋から出てくる人々は、舟待ちをしていたのであろう。

どこやらで、犬がキャンキャンと鳴いた。

まさに行徳河岸はごった返している。

人ごみの中に成島重行は視線を走らせ、お俊の姿をさがした。お村も必死の形相で、周囲を見まわしている。

「いないようだな。先へ行こう」

重行がうながして、行徳河岸の雑踏を抜け出した。

しばらく歩いたところで、お村が叫んだ。

「お嬢さまです」

場所は、日本橋川に面した小網町の河岸場だった。ちょうど、南茅場町の対岸である。

日中は河岸場はにぎわっているが、たまたま人けのない一角があった。そこに、お俊と男がいた。

「あの男が長谷川勝人どのか」

「へい、そうです」

見ると、長谷川がお俊の着物の袖をつかんでいた。お俊は逃げるに逃げられないようだ。

重行が駆けつける。

「卒爾ながら、その者はわしの弟子でしてな。何かご無礼をいたしましたか。もし、ご無礼の段があれば、わしからもお詫びいたします」

長谷川が振り返り、じろりと重行をねめつける。

背は低い方であろう。容貌はどことなく鼠を連想させた。

「きさまはなんだ。この女が弟子だと。

弟子だか何だか知らぬが、この小娘が妙にお糸という女のことを聞いてくる。お糸という女など、拙者は知らぬぞ。この小娘、頭が変なのではないか」

「深川永堀町の瀬戸物屋で、お糸さんと一緒だったではありませんか」

お村が叫んだ。

長谷川の顔から血の気が引いた。

「てめえ、さきほどこの小娘と一緒に稽古所にいたな。ということは……。

ふふ～ん、てめえら三人はぐるか。爺ぃ、いったい、なにが狙いだ」

「いや、誤解があるようじゃ。ともかく、その袖を放してくだされ」

「袖を放せだと――

長谷川は逆に袖をグイと力をこめて引いた。お俊が足を踏ん張ったところで、パッと放した。

お俊は思わずよろけ、たたらを踏んで、かろうじて踏みとどまる。

重行はお俊が踏みとどまったのを見て、ホッとした。

次の瞬間、重行が手にしていた杖がスパリと切断されていた。いつの間にか、長谷川は大刀を抜き放っている。

重行は心臓を鷲摑みにされたような気がした。

(居合か。しかも、かなりの腕前だ)

脇の下から冷や汗が伝う。

「さあ、これでわかったろう。なんなら、腕を一本ずつ、斬り落としてもよいぞ。おい、きさま、生意気な小娘め、何が知りたいのか。言わぬと、まず耳から落とそうか」

長谷川がお俊の顔に剣先を向けた。

とっさに重行は帯のあいだから分銅鎖を引き出すや、ビュンと一閃させた。

分銅と鎖が長谷川の右手首にチャリチャリと巻き付く。重行は鎖の端を引っ張って刀を落とそうとした。

ところが、力を入れた途端、がくっと腰が砕けそうになった。右足が吊ったのだ。

さきほど、南茅場町から、いつにない速足で歩き続けたからであろう。その無理がたったに違いない。

　ふくらはぎの激痛に思わず体がかがむ。

「爺ぃ、なめた真似をしやがって。だが、もうそこまでだ」

　長谷川が分銅鎖を右手首に巻き付けたまま、刀を構えて近づいてくる。

　目には妖しい光があった。殺気である。

（ああ、斬られる）

　重行が絶望感に襲われたとき、黒い点が視界を横切った。

「わっ」

　長谷川が叫んだ。

　その場にあっけなく刀を落としてしまい、両手で顔をおおっている。

　両手のあいだから鮮血があふれ、顎を伝ってたらたらと流れ落ちていた。

　一瞬、重行も何が起きたのか、わからなかった。

　見ると、お俊が黄色い糸を引いて、何やら引き戻している。糸の先端には天保銭が結わえ付けられていた。

　お俊は天保銭を投げ、それが長谷川の鼻に命中したのだ。

　重行はどうにか右足が動くのをたしかめた。

（ふう、もう大丈夫だ）

とりあえず分銅鎖を回収し、そして長谷川の両刀を鞘ごと取り上げた。

両刀を取り上げると、ようやく余裕が生まれる。

丸腰になった長谷川に、重行がふところから懐紙を取り出して渡した。

「鼻の穴に詰めて、鼻血を止めてはいかがですか」

「う、うむ」

くぐもった声で言い、長谷川は素直に受け取る。

懐紙を丸め、鼻の穴に詰めたあと、武士の威厳をたもちながら言った。

「貴殿らは何者だ」

「お糸の死について調べておったのですがね」

「ははん、お糸の係累の者か。もしかして、お糸の敵討ちでもするつもりだったのか。しかし、あいにくだったな。中島通兵衛は拙者が成敗した。死体は海に流れて行ったのだろうよ」

重行はドキッとした。

心臓の鼓動が速くなる。

思いがけず、核心に迫ったようである。

怪我の功名と言おうか。

お俊の無謀な挑発が功を奏したのかもしれない。

性急に質問したかったが、ぐっと抑えた。すでに大半がわかっていたふりをして、静かに言う。

「そのあたりを、貴殿にたしかめたかったのです。最初から話していただけますかな」

「正体のわからぬ連中に話をするつもりはないぞ」

「では、やむを得ませぬな。小網町の自身番に来ていただきましょうか。そこで、巡回に来た町奉行所の同心に取り調べを任せ、その後は、山崎藩の藩邸に連絡して、貴殿の身柄を引き取ってもらうことになりましょうな」

「ま、待て。拙者としては自身番は避けたい。

話を聞いたあとで、両刀を返すと約束してくれれば、まあ、そのほうの提案に応じてもよい」

長谷川は明らかに狼狽(ろうばい)していた。

身元が山崎藩士と知れていることにも、かなり衝撃を受けたようだ。

勤番武士としては、町奉行所の役人に取り調べられたことはもちろん、江戸の町で悶着(もんちゃく)を起こしたことを藩邸に知られるのは避けたいに違いない。

「さようですか。では、まずは貴殿の言い分を聞きましょうかな。そのあとで、刀はお返しします」

重行は長谷川に受け合ったあと、お俊とお村に言った。

「近くに、寺か神社はないか」

「あそこに、お稲荷さまがあります」

お村が見つけた。

重行は両刀を腰に差した。

隠居するまで、毎日、おこなっていた装いである。いまになれば、こんな窮屈な格好をしていたのが信じられない気分だった。

「では、稲荷社の境内で話をしましょう」

「貴殿は武士なのか」

長谷川がさぐるように言った。

重行の両刀を腰に差したいでたちが、あまりに自然だったのだ。

「いまは、ただの隠居です」

「ふうむ」

長谷川が低くうなった。

重行の曖昧な回答に、かえって不気味さを感じているようだ。もしかしたら、幕府の隠密のたぐいと疑っているのかもしれない。

＊

小さな稲荷社の境内に四人の男女がいる。しかも、男のひとりは鼻の穴に紙を詰め、その紙が真っ赤に染まっているという異様さである。

通りがかりの老婆が拝礼に来たが、境内の剣呑な雰囲気に驚いたのか、あわてて踵を返した。

重行は知らない部分が多いのだが、それを秘めたまま、慎重に質問する。

「中島通兵衛どのも中宿を利用していたわけですが、お糸とはどうやって連絡していたのですか」

「うむ、そこじゃよ。それができなかったので、あんなことになったとも言えるな。拙者がたまたま、お糸のことを中島に話した。酒の上での、ちょいとした自慢話だったのだがな。

すると、中島が自分にもぜひ会わせてくれと言う。まあ、拙者も断り切れず、一度だけ会わせてやった。拙者はそれで終わりのつもりだった。ところが、中島は妙にお糸に執心というか、執着してな。

拙者の場合、稽古所でお糸と顔を会わすので、その際、目で合図すればよかった。ところが、中島はお糸に連絡するすべがない。そこで、拙者に頼るわけじゃ。中島のしつこさには、拙者もうんざりした。

拙者は適当にはぐらかしていたのだが、中島は思った以上に執念深かった。もしかしたら、本気でお糸に惚れていたのかもしれんのう。

中島はお糸に会いたい一心で、拙者をつけ、見張っていたのじゃ。

あの日、拙者が先に瀬戸物屋から出た。ひと足おくれて、お糸が出たはずじゃ。拙者は歩いていて、物陰にちらと中島の姿を見た気がした。急に胸騒ぎがしてきてな。妙に気になったと言おうか。

そこで、拙者はお糸をさがしに戻ったのだ。

すると、川のそばで中島とお糸が争っておった。中島はこれから瀬戸物屋に行こうとさそい、お糸が断っておったのだ。

拙者はふたりのところに駆けつけた。

お糸は拙者の姿を見て、助けが来たと思ったに違いない。中島の前から逃げようとした。それを中島が着物をつかんで引き戻そうとする。はずみで、お糸は川の中に転落した。あっという間だった。

拙者はあわてて川をのぞいたが、お糸は水の中に沈んでしまい、姿はなかった。

中島が拙者に向かって怒鳴った。

『きさまのせいだぞ』

その見当違いな怒りには、拙者もあきれ返ったがな。

もちろん、拙者は言い返し、中島の行為をなじった。

すると、逆上した中島が刀を抜いた。

あのとき、中島はまさに狂気の状態だった。

拙者としては、やむを得なかった。何もしなかったら、自分が斬られるからな。

拙者は抜き打ちにし、中島は倒れた。さいわい川のそばだったので、水の中に押し込むようにして放り込んだ。

中島の体が水中に沈んだのを見て、拙者はすぐにその場から立ち去った。

その後、お糸の遺体は見つかった。中島の遺体は見つかっていないが、おそらく海に流れたのであろうな。

これが、拙者が知っているすべてだ。お糸の敵は討ったというのは、こういうことじゃ」

長谷川の話が終わった。

重行が気になった点をたしかめる。

「川とは仙台堀ですか」

「川の名は知らぬ」

「まだ日は暮れていなかったですな。人に見られなかったのですか」

「人通りは少なかった。もしかしたら、見ていた者はいるかもしれぬが、武士の斬り合いが始まるや、難を避けて逃げ出したのではないか。見て見ぬふりをして、通り過ぎたのかもしれぬ」

「そうかもしれませんな」

重行は長谷川の推量は当たっていると思った。

目撃者は、武士の揉め事に巻き込まれたくないため、口をつぐんだに違いない。

また、お糸と中島の死体が転がっていれば大騒ぎになり、町奉行所の役人が検使にくる。だが、死体そのものが存在しないのだ。

なまじ自身番などに訴え出ると、面倒に巻き込まれると思ったのかもしれなかった。

とにかく庶民は、武士の係争にかかわりたくないのだ。

「中島通兵衛どのは行方が知れなくなったわけですが、その後、どうなったのですか」

「うむ、藩邸内でもちょっとした騒ぎになったが、けっきょく無断で出奔したことに決まった。中島家は改易になろうな。お家断絶じゃ、気の毒だが」

「貴殿は国元に帰るのですか」

「父が倒れたという知らせがあった。それを契機に、江戸を離れる」

「なるほど」

重行は、長谷川の江戸を離れたいという気持ちは理解できた。一日も早くという気分であろう。

それだけに、数日おそかったら、長谷川の告白を聞く機会を失っていたかもしれなかった。ぎりぎり間に合ったといえよう。

「では、約束通り、刀はお返ししますぞ」

重行が腰の両刀を鞘ごと抜き、長谷川に渡した。

*

長谷川の姿が見えなくなったあと、お俊が怒ったように口を尖らせた。

「本当のことを言ったのでしょうか」

「少なくとも、嘘と断定することはできぬな」

「でも、それでは……」

お俊は曖昧な表現に不満そうである。

重行が言い方を変えた。

「長谷川どのの言ったことは、大筋で本当だと思うぞ。まあ、小さな部分では、自分の都合のよいように言っているかもしれぬが、少なくとも、これまで判明していることと大きな矛盾はない。

つまり、大筋は本当と見てよかろう」

「でも、中島通兵衛さまはお糸ちゃんを殺し、その中島さまを長谷川勝人さまは殺したのですよ」

「お糸は溺死(できし)と決まった。中島どのの死体は発見されず、出奔と決まった。奉行所に訴えても無駄じゃ。

あくまで長谷川どのの言い分ではあるが、ここまで真相がわかっただけで、よしとせねばなるまい。

今日、わかったことは、わしがお鉄どのに伝えよう。常磐津(ときわづ)文字舟師匠にも、わしが伝えたほうがよいかもしれぬ」

重行はお俊を牽制した。

お俊がお鉄や文字舟に伝える形は、できるだけ避けたかった。

話題を変える。

「先ほど投げたのは天保銭か」

「はい、これです」

お俊がたちまち機嫌を直し、帯のあいだから取り出した。

天保銭の中央の方形の穴に三味線糸を通して固く結んでいた。三味線糸のもう一方の端は輪にして、指を通せるようになっている。

正式名称を天保通宝という天保銭は、五年前の天保六年（一八三五）から通用が始まった。重さは五匁くらい（二十グラム強）である。

「この前、一文銭や四文銭は軽すぎて秘武器にならないと言われたので、天保銭で工夫したのです」

お俊が得意げに言った。

もともと、お俊は一文銭や四文銭を投げて的に当てる稽古をして、悦に入っていた。

だが、一文銭も四文銭も重さは一匁（四グラム弱）くらいであり、重行が武器としての役には立たないと指摘したのだ。

　重行の指摘を受け、お俊は天保銭に切り替えたに違いない。実家の俵屋は両替商だけに、練習道具には不自由しないというわけだった。

　それにしても、さきほど長谷川の鼻を直撃したことからみても、かなりの稽古を積んだことになろう。

「秘武器といってもよいでしょうか」

「そうだな、まさに秘武器といえよう。おかげで、わしは助かったよ。礼を言う。ところで、顔面を狙ったのか」

「そうですと答えたいところですが、じつはそうではありません。本当は刀を持った手首を狙い、刀を落とさせようと思ったのです。狙いがちょいとはずれて、鼻に当たりました」

　お俊が悪戯（いたずら）っぽく笑った。

　狙いがちょいとはずれたどころではない。まるっきりはずれていた。鼻に当たったのは、たまたまだったのだ。

　重行は苦笑するしかない。

「さて、そろそろ帰ろうか。

今夜は、按摩（あんま）を呼ぼう。さきほどは足が吊（つ）ったくらいだ。わしも歳だな」

「では、お隣の喜久市さんに頼めば便利ですね」

　お俊は無邪気である。

　こんなとき、その世間知らずが露呈する。

　重行がおどけて言った。

「いや、喜久市どのの按摩は、世を忍ぶ仮の姿でな」

（三）

　唐辛子屋に寄り、成島重行はお鉄に、

「夕方にでも、わしの家に来てくれぬか」

　とささやいたあと、新道に向かった。

　常磐津文字舟の稽古所の前に立つ。先日、女中のお村と一緒に来たときは、格子戸をながめただけだった。

　声をかけておいて、格子戸をあけた。

　重行が土間に足を踏み入れると、文字舟は蝶足膳（ちょうあしぜん）を前にして、茶漬けを箸（はし）でかき込んでいるところだった。

膳の上に茶漬け茶碗の蓋が逆にして置かれ、そこに奈良漬けがのっていた。

「これは失礼した。食事中でしたか。わしは、隠居の重行と申す者ですが、出直しましょうか」

「いえ、かまいません。お上がりくださいな。弟子のお俊ちゃんから聞いておりました。

すぐにすみます。こういう商売をしていると、弟子が途切れたときに、手早くすますしかないのですよ。もう、慣れていますから」

文字舟は質素で簡便な食事を見られても、とくに恥ずかしがる気配はない。言葉通り、慣れているのであろう。

奈良漬けを口の中に放り込み、さらに残りの茶漬けを流し込んだ。

茶漬け茶碗を膳に戻すと、台所に声をかける。

「おっ母さん、膳を片付けてくんな。それに、お客にお茶を出してくんなよ」

「あいよ」

台所から年老いた女が出てきた。

下女のようだが、文字舟の母親である。

母親は娘と同居しながら、下女役をつとめていることになろう。

蝶足膳を持って母親が台所に姿を消すのを待ち、重行は文字舟の前に座った。

年齢は三十前後であろうか。目鼻立ちのはっきりした美人だった。男の弟子からはそれなりに騒がれているのであろう。

背後の壁に、数丁の三味線が掛けてある。

重行はこういう稽古所は初めてだった。目にするものすべてが物珍しい。

それに、重行はてっきり、音曲の稽古所の弟子は近所の女の子が主流で、男は商人や職人だと思い込んでいた。ところが、武士も稽古に来ていたのだ。

「弟子のお糸どの、そして長谷川勝人どのについてです」

そう前置きをしたあと、重行がこれまでに知り得たことを述べる。

重行がしゃべっているあいだに、母親が茶を持参した。

聞き終えて、文字舟が思い出しながら言った。

「ちょうど、去年の今ごろでしたかね。あたしはお糸ちゃんを見て、『あ、女になったんだな』と思ったものでした。ふとした仕草で、気づくものでしてね」

「初花が咲いたということですか」

重行が質問した。

初花が咲くは、初潮の意味である。

文字舟が笑った。

「初花が咲いたのはもっと早かったでしょうね。あたしが言ったのは、『男を知った』という意味です」

「ほう」

重行はやや圧倒される気分だった。

お糸は十四歳で初体験をしたことになろう。

だが、江戸の庶民の女が十代のなかばで男を知るのは、一般的とまでは言えないにしろ、けっして珍しいことではなかった。

「いったん男を知ったあと、中宿(なかやど)での商売を教えられたのでしょうね。あたしはなんとなく想像がつくのです。お糸ちゃんより二歳年上の弟子がいましてね。すでに稽古はやめて、嫁に行っていますが。きっと、その年上の娘に教えられたに違いありませんね」

「すると、もし今回の件で溺死(できし)することがなければ、お糸は普通に嫁入りしていたのでしょうか」

「おそらく、縁談が持ち込まれ、お糸ちゃんは普通に嫁入りしていたと思いますよ」

「はあ、そうですか」

重行は毒気を抜かれる気分だった。

庶民の女のたくましさとも言えようか。いっぽう、そのぶん、男も臆面もないのかもしれないが。

気を取り直して尋ねる。

「長谷川勝人どのとお糸の関係は気づきましたか」

「いえ、さすがに、それは気づきませんでした。お武家の弟子はあたしも初めてでしたからね。あたしも、それなりに緊張していましたよ。

じつは、長谷川さまはなかなか筋がよくって、およそ一年で国元に帰ってしまうのは惜しいなと思っていたくらいなのです。実際は、もっと早く帰ってしまいましたが。

ところで、長谷川さまの国はどちらなのですか。あたしは、そういうことには疎くって」

「播磨ですから、大坂よりもっと向うになりますな」

「はあ、そうなのですか。大坂よりもっと向うと聞いても、やはりピンときませんけどね」

その後、しばらく雑談をする。

それまでまったく無縁な世界だっただけに、重行は文字舟と話をするのは楽しかった。

「あたしは稽古所を開く前は、深川で芸者をしていましてね」

「ほう、そうでしたか」

「いまは稽古所をやっていますが、お弟子からもらう稽古料だけではとてもやっていけません」

「寺子屋も、弟子からもらう束脩だけではなかなか苦しいと聞いたことがあります」

「そのため、あたしは時々、座敷にも出ているのですよ」

「どういうことでしょうか、意味がわかりかねるのですが」

「ご贔屓にしてくれる方が何人かいましてね。料理屋の宴席に呼んでくれるのです。あたしは、大年増芸者として宴席に出るわけですがね」

宴席に出て、祝儀をもらっているのであろう。そういう副収入があるので、稽古所を維持していけるというわけだった。

商家の隠居らしき弟子がやってきたので、それを潮に重行は辞去した。

（四）

日が西に傾いてきたころやってきたお鉄は、重行の顔を見るなり言った。

「ご隠居さま、路地でお乗さんに会いましたよ」

「ほう、何か言っていたか」

「最初、そっぽを向いて、あたしに気づかないふりをしていたんですがね。急に思い出したかのように、

『お糸ちゃんは、お気の毒だったわねぇ〜』

と、涙をこぼさんばかりなのですよ。

しかも、甘ったるい声を出しましてね。

あたしは、下駄(げた)で向う脛(ずね)を蹴(け)っ飛ばしてやろうかと思ったのですが、また騒ぎになるのはいやですから、いちおう、

『お気遣いいただき、ありがとうございます』

と、挨拶(あいさつ)しておきました」

「うむ、それでよかろう。

さて、これまでにわかったことだがな」

重行が、中島通兵衛という山崎藩の藩士がお糸に執着していたこと、仙台堀のそばでふたりはもみあいになって、お糸は水の中に落ちて溺死したこと、様子を目撃した同じく山崎藩士の長谷川勝人が中島を斬り捨て、死体は仙台堀に放り込んだ経緯を述べた。

「すると、お糸は仙台堀に突き落とされ、殺されたわけではないのですね」

「うむ、中島どのから逃れようとして、はずみで落ちたと思われる」

「そうですか。そこまで調べてもらえたら、お糸も迷わず成仏できることでしょう」

「ところで、両親には伝えているのか」

「お父っさんとおっ母さんには、お糸が深川の中宿で金を稼いでいたことは教えていません。秘密にしておくつもりです。

それに、近いうち、あたしもあの家を出ますしね」

「ほう、嫁に行くのか」

「はい、仲人をしてくれる人がいまして。相手は職人で、後妻になるのですけどね」

お鉄が嬉しそうに笑った。

重行も気持ちが明るくなる。

「それはめでたい。縁があれば、また会おう」

「それでは、ご隠居さま、いろいろお世話になりました」

お鉄が帰っていった。

*

日が暮れてから、羽織を着た、恰幅のよい男が訪ねてきた。供の丁稚は提灯をさげている。

「あたくしは、薬種問屋・万年屋の番頭の清兵衛と申します。俵屋新右衛門さまの書状を持参しております。まず、ご覧いただけますでしょうか」

「ほう、何事ですか」

重行が受け取り、行灯の灯のそばでさっそく読む。そこには、
町内で泥棒と密通のこんがらがった事件がおきた。できれば、表沙汰にしない形で、今晩中に解決したい。力を貸してほしい。

という意味のことが書かれていた。

　重行は、密通が絡んでいるなら表沙汰にしたくないのは理解できると思いながら、清兵衛に言った。

「力を貸すのに吝かではないが、状況がまったくわからぬのでは、返事のしようがないぞ」

「へい、新右衛門さまから、ご隠居に概略を話しておくよう命じられております。ここで、お話ししてよろしいですか」

　清兵衛が上がり框に腰をおろした。

　重行が行灯をそばに移動させる。

「うむ、聞きますぞ」

「今日、あたくしども万年屋では店を休みにして、女主人であるお作さま以下、奉公人一同、総勢七人で、行楽を兼ねて神社の参詣に出かけたのです。あたくしは、

『留守番に、ふたりくらい店に残しましょうか』

　と申し上げたのですが、お作さまが、

『夕方までには帰る予定だから、留守番は必要なかろう』

　と、おっしゃり、店を閉じて出かけたわけです。

日が暮れる前に戻ってきたのですが、店に入ると、奉公人のひとりが、

『奥に誰か隠れている。泥棒だ』

と叫びましてね。それから大騒ぎになり、みなで追いつめて、お作さまの寝間に隠れているところを捕えたのです。

捕えた男の顔を見て驚きました。

万年屋の隣は、紙問屋・甲州屋なのですが、男は甲州屋の倅の余四郎さんだったのです。

隣ですから、万年屋が無人なのがわかったのでしょう。人がいないのをみすまし、盗みに入ったようでした。

あたくしどもも困り果てましてね。ただの泥棒なら、自身番に突き出せばすむのですが、隣の息子ですから、そうもいきません。

みなが額を集めて、

『できるだけ穏便な処置にしたい』

『こっそり甲州屋に引き取ってもらおうか』

『ともかく、そっと甲州屋に知らせよう』

などと相談していると、余四郎さんがこう、うそぶき始めたのです。

『あたしは盗みに入ったのではないよ。お作さまと約束して、忍んでいたのだよ』

またもや仰天しました。

余四郎さんは自分は間男だと、堂々と言い放つではありませんか。

お作さまは真っ赤になって、

『汚らわしい。嘘をつくにもほどがあります』

と、激怒されましてね」

「お作どのと余四郎どのは、それぞれ何歳ですか」

「お作さまは三十三歳、余四郎さんは十七歳です。

余四郎さんの言い分は、あまりに強引というか、無道ですからね。

あたくしも怒りに駆られ、追及したのです。

『お作さまと密会していたというなら、証拠を見せなさい。お作さまの筆跡の手紙くらいあるだろう』

ところが、余四郎さんは、

『これまで、たくさん手紙はもらっていますが、すべて焼き捨てました』

と、言い放つ始末でしてね。

これでは、埒があきません。

そこで、お作さまが一計を案じ、こう言ったのです。

『あたしは内腿(うちもも)に大きな黒子(ほくろ)がある。右か、左か、どちらだい。言ってごらん。もし肌を合わせていれば、知らないはずはあるまい』

『お作さま、黒子などないではありませんか。なぜ、そんな嘘をつくのです。雪のように白い内腿ではありませんか』

と、余四郎さんは悲しそうに言いましてね。

お作さまは赤面し、返す言葉がありませんでした。

これで、かえって余四郎さんの言い分に信憑性(しんぴょうせい)が出てきたと申しましょうか。あたくしも、迷いが出てきましてね」

「ふうむ、お作どのはひっかけようとして、見事、余四郎どのに裏をかかれたわけですな」

重行は、お作は戯作(げさく)などで読んだ機知を応用したのかもしれないと思った。しかし、結果としては浅知恵であり、逆効果になったのだ。

清兵衛がため息をついた。

「あたくしどもも手を焼きましてね。隣の甲州屋の主人を呼び寄せると同時に、俵屋新右衛門さんにも来てもらったのです」

「ということは、俵屋が地主なのですか」

「はい、万年屋も甲州屋も、俵屋新右衛門さんの地所でございます」

「なるほど」

重行は新右衛門の苦衷がわかった。この件が町奉行所に持ち込まれると、新右衛門も連座するのだ。

「甲州屋の主人や新右衛門さんも来て、余四郎さんを尋問したのですが、

『どうぞ、あたしを泥棒として、お奉行所に突き出してください。あたしはお白洲で、お作さんに呼ばれていたことを申し述べます』

の一点張りでしてね。

いっぽう、お作さまは頑として密通を否定します。涙ひとつ見せず、気丈に振舞われているのには感心しましたが。

ほとほと困り果て、新右衛門さんが、

『ご隠居の重行さんに頼もう』

となったのです。

そういうわけでございまして、ご隠居、これから万年屋にご同行願えますでしょうか」

「よし、行こう」

重行は即答した。

新右衛門に頼まれたら断れないのもあるが、それ以上にゾクゾクしてくるものがあった。

(面白い事件だぞ)

余四郎とお作と、どちらかが嘘をついている。ふたりの供述に矛盾を見つけ、そこから突き崩していけばよいのだ。

若いわりに、余四郎はしたたかなようだ。苦し紛れにとっさに密通を捏造し、居直っているように見える。

しかし、大年増のお作が若い男との房事に溺れていたことも充分にありうる。奉公人の前で認めることはできないのかもしれない。まして、新右衛門まで出てきたら、若い男と密通していたことは認めることはできまい。

「あら、ご隠居さま、これから、お出かけですか」

湯屋から戻ってきた下女のお亀が、おろおろしていた。

## （五）

万年屋の外観は闇に包まれ、ほとんどわからない。二階建ての瓦葺の屋根の上に、満天の星が輝いていた。

内部はどこも暗いが、一カ所、明るい座敷があり、成島重行はそこに通された。

八畳の座敷には二カ所に燭台が置かれ、蠟燭が灯されていた。

四、五人が座っていたが、その表情はみな重苦しい。重行が面識があるのは、俵屋新右衛門だけである。

新右衛門が、万年屋のお作、甲州屋の息子の余四郎、そして甲州屋の主人の徳右衛門を紹介した。

「万年屋では、余四郎さんが泥棒に入ったと申し立てております。ところが、余四郎さんはお作さんに呼ばれていたと言い、かねてより忍び会う仲だったと申し立てておるわけです。お作さんはまったく否定しておりますがね」

「両者の言い分がまったく食い違っている状況はわかりました。ところで、万年屋ではなにか盗まれた物はあるのですか」

重行が質問した。

番頭の清兵衛がちらとお作を見てたしかめたあと、答える。

「調べましたが、盗まれた物はございません。さきほど、余四郎さんの持物も調べさせてもらいましたが、万年屋から持ち出した品はございませんでした」

「では、余四郎どのに尋ねます。お作どのと密会していたことを示す証拠は何かありますか」

「いえ、ございません。さきほども申しましたが、手紙はそのつど、焼き捨てていましたので」

余四郎がうつむき加減に答えた。

色白で華奢（きゃしゃ）な体つきだった。年上の女が熱を上げてもおかしくはないであろうと思わせるような優男（やさおとこ）だった。

「では、お作どのに尋ねます。余四郎どのと密通はしていないことを示す証拠はありますか」

「そんなものはございません。そもそも、余四郎さんとの間には何もないのですから」

お作がやや憤然として答えた。

重行は初めてお作をまじまじと見た。

ハッとする。

なんと、お作の頭は切髪なのだ。切髪は後家の髪型である。さきほど、清兵衛がお作を女主人と称していた意味がようやくわかった。

お作が後家だとしたら、余四郎はいわば男妾とも考えられる。

（これは、だいぶ見通しが狂ってくるぞ）

重行は焦りに近いものを感じた。

「ちと、たしかめたいことがあります。清兵衛どの、ふたりきりで話したいのだが」

重行は座敷の人々の了解を取ったあと、清兵衛にふたりきりになれる場所に案内させた。

六畳ほどの部屋で、行灯が灯っている。片隅に、布団がたたんで積まれていた。

不安そうな顔をしている清兵衛に、重行が小声で言った。

「お作どのは後家なのか」

「後家には違いないのですが、ご自分では後家とは思っていらっしゃいません」

「いったい、どういう意味か。お作どのは切髪にしているではないか」

「へい、これには、わけがございまして」

「その、わけとやらを知りたい」

「へい、七年前でございます。

旦那さまは商用のため上方に旅に出られたのですが、しばらくして、土山宿（滋賀県甲賀市）に近い村の名主から手紙が届きまして、旦那さまが死んでいるのが見つかったと知らせてきたのです。死体の発見からすでに半月近く経過しておりました。

手紙によりますと、急病で行き倒れになったようだとあり、すでに埋葬されたとのことでした。死んでいた男の持物の中に、『江戸　南茅場町　万年屋』という書付があったので、知らせるとのことでした。

ご新造さま――お作さまですが――は旦那さまが亡くなったのを知って、髪を切ったのです。遺体のないままで、簡単な葬儀もおこないました。

しばらくは大騒ぎでしたが、万年屋がどうにか落ち着いたあと、あたくしが、旦那さまを葬ってくれたお礼を申し述べ、さらに遺品を受け取るため、土山宿に出かけたのです。

村の名主を訪ね、あたくしは啞然としました。なんと、遺品を見ると、旦那さまの物ではなかったのです」

「しかし、身元を示す書付があったのであろうよ」

「あたくしがたしかめると、旦那さまが書いた受取証のようでした。旦那さまと関係のあった人には違いないでしょうが、旦那さまではなかったのです。

先方は恐縮しておりましたが、無理はないなと思いました。というのも、遺品のなかで、その書付が唯一の手がかりだったのです」

「なるほど。では、遺体は検分したのか」

「あたくしも検分するつもりでした。しかし、埋葬と言いましても、田舎ですからね。土を盛り上げただけの土饅頭なのです。先方の人から『掘り返すのは、やめておきなさい』と言われ、あたくしも断念しました」

「すると、万年屋の主人は死んだとは断言できない。つまり、行方不明ということか」

「へい、亡くなったと確認できない以上、どこかで生きているかもしれません」

「では、お作どのはなぜ切髪にしているのか」

「いったん切髪にしたあとは、そのままになっているだけなのです。切髪の方が面倒がないからかもしれません。もちろん、旦那さまがひょっこりお戻りになれば、もとの丸髷に戻すはずです」

重行はここが肝心のところだと思った。

慎重に確認する。

「つまり、お作どのは亭主が死んだとは信じていない。切髪にこそしているが、自分では後家とは微塵も思っていないということか」

「へい、さようです」

重行はこれで方針は決まったと思った。

（よし、突破口が見つかったぞ）

清兵衛に言った。

「余四郎どのをここに呼んでくれ。ふたりきりで話したい。ついでに、筆と硯、紙も持って来てほしい」

＊

表情がよく見えるよう、余四郎を行灯のそばに座らせた。

重行は、行灯の灯があまり届かない場所に位置する。

「まず、そなたに言っておこう。小伝馬町の牢屋敷内の死罪場でおこなわれる斬首刑――つまり首斬りには三種ある。獄門、死罪、下手人だ。

獄門は首を斬り、その首は小塚原か鈴ヶ森の仕置場で、獄門台にのせて晒される。

首を失った屍体(したい)は試し斬りに供される。

死罪は首を斬り、屍体は試し斬りに供される。

下手人は首を斬るだけだ。

まあ、斬首刑にも等級があるわけだな」

余四郎は黙然としていたが、目には不安と不審の色がある。

重行が話題を変えた。

「さて、そなたはお作どのを後家と思っていたろう」

「はい、お作さんは後家です」

「それは、そなたの勘違いじゃ。髪型が切髪なので後家と思い込んでいたのだろうがな。

お作どのには亭主がいる。上方に行ったまま長年、便りがないらしいがな。亭主がいるのはたしかじゃ」

「まさか」

「嘘だと思うなら、万年屋の人間に聞いてみるがよい。誰も、主人が死んだとは知らないぞ」

余四郎の顔色が変わっていた。いったい、これからどう展開していくのか、得体の知れない恐怖に襲われているようだ。

「そなたはお作どのとの密通を申し立てた。後家との密通と思い込んでいたのであろうが、実際は夫ある妻と密通したことになるぞ。同じ密通でも、奉行所の対応は大きく異なる。『御定書百箇条』に、『四十八　密通御仕置之事』という項があり、それによると、夫のある妻が密通した場合、妻は死罪、相手の男も死罪じゃ。

つまり、そなたも、お作どのも死罪となる。

先ほど申したように、そなたは牢屋敷内の死罪場で首を斬られ、屍体は刀剣の試し斬りを商売とする山田浅右衛門に下げ渡される。浅右衛門とその門人らによって、屍体は切り刻まれるわけじゃ。浅右衛門は商売だから、ひとつの屍体でできるだけ多くの刀の試し斬りをしたい。まず上から斬り、つぎに横から斬りという具合だな。

しかし、安心するがよい。すでに死んでいるから、ずたずたにされても痛痒は感じぬぞ」

余四郎は顔面蒼白で、体が小刻みにふるえていた。

「あたしだけでなく、お作さまも死罪になるのですか」

「さよう、それが奉行所の裁き（さば）じゃ。あす、そなたは万年屋に盗みに入ったとして、南茅場町の自身番で、巡回に来た町奉行所の定町廻り（じょうまちまわ）同心に引き渡される。そのとき、盗みではなく、密通の忍び会いでしたと、はっきり申し上げればよかろう。そうすれば、そなたの望み通り、盗みではなく、夫のある妻と間男の密通として裁かれるであろう。

わしから伝えることは以上じゃ」

重行が立ち上がる気配を見せた。

余四郎が必死の形相ですがる。

「お、お待ちください」

「何じゃ」

「密通というのは嘘でございます。苦し紛れに、とっさに嘘をついたのです。お作さんとは手を握ったことも、ふたりきりで話をしたこともございません」

「おい、いまさら見苦しいぞ。死罪をのがれるために、嘘に嘘を重ねるのか。こうなった以上、おとなしく首を斬られることじゃ」

重行が叱り付けた。

余四郎は畳に両手をついている。

鼻水がぽとりと畳に落ちた。泣いているようだ。

「罪のないお作さままで死罪になるのは耐えられません。お作さまは無関係です。本当でございます。盗みに入ったと間違われたものですから、逃げ出したい一心で、あんな嘘をついたのでございます」

「盗みに入ったと間違われた、だと。おい、盗みに入ったのは本当であろうよ。今さら、言い逃れをしても通用せぬぞ」

「いえ、盗みをするつもりはございませんでした」

「では、なぜ万年屋に無断で侵入したのじゃ」

「今日、万年屋にまったく人がいないのに気付きまして、ふと、思いついたのでございます。魔がさしたというのでございましょうか。万年屋の中を見てみようかなと思ったのです。

悪戯（いたずら）半分、好奇心半分でございました」

「どうやって忍び込んだのか」

「甲州屋と万年屋の境の黒板塀に一カ所、板がゆるんでいるところがあったので、そこから入り込みました。そして、中庭に面した窓から中に入りました」

「ふうむ、盗みもせず、ただ店の中を見てまわっただけというのか」

「はい、うろうろしているうちに、万年屋の人々が帰ってきたものですから。あたしはあわてて隠れたのですが、見つかってしまいました」

「そのほうが見つかったのは、お作どのの寝間だったな。寝間に逃げ込んだというより、寝間にいるところを見つかったのではないのか」

「いえ、それは、たまたまでして」

余四郎は明らかに狼狽していた。

重行は追及の手をゆるめない。

「なぜ、お作どのの寝間に入り込んだのか」

「いえ、それは、まあ、あたしはお作さんを後家と思っていましたから、後家がどんな生活をしているのか、興味があったといいましょうか」

余四郎のやゝしどろもどろの言い訳を聞きながら、重行の頭にひらめいたことがあった。

一瞬、「そんな馬鹿々々しい」とは思ったが、意外と、そんな馬鹿々々しい衝動が人間を突き動かすのではなかろうか。とくに、余四郎は十七歳である。

重行が静かに言った。

「後家だけに、春画や張方をどこかに隠していると思ったのか」

「は、はい。それは、はい……」

余四郎が言葉を濁す。

顔が赤らんでいた。

重行の指摘は図星だったことになろう。

春本・春画の世界では、後家はみな男に飢えているとされていた。重行も春本は読んだことがあったし、春画もながめていた。

後家が欲求不満から淫心に駆り立てられ、大きな張方で自慰をしているのは、いわば春画の定番である。

男の好色な妄想を刺激する、猥褻行為の定番のひとつと言えよう。

余四郎もひそかに春画をながめていたに違いない。そして、世の中の後家はみな張方を愛用していると単純に信じ込み、お作の寝間の箪笥の中に張方をさがしていたのではなかろうか。

重行はとっさの思い付きで言ってみたのだが、余四郎の狼狽ぶりを見ると、正鵠を射ているのかもしれないという気がしてきた。

要するに、余四郎は軽薄な性的好奇心に駆り立てられ、隣家に忍び入るという冒険をしたのではなかろうか。

つまりは、愚行なのだ。

若い男の愚行だったと解釈すれば、重行は余四郎の供述を信じてよいと思った。

「そなたは、あまりに愚かだな」

重行が静かに言った。

余四郎は額を畳にすりつける。

「はい、愚かでございました。どうか、お奉行所だけはご勘弁ください」

「よし。だが、そなたの愚かさのために、万年屋はもちろんのこと、地主の俵屋新右衛門さんや、そなたの父親まで巻き込んだ騒動となった。その責任は取らねばならぬぞ。

ともかく、後々のために詫び状を書くべきだな」

「はい、どう書けばよろしいのでしょうか」

重行は奉行所の膨大な書類の内容を記憶していた。そんな記憶の中から、類似の事件を引き出す。

「そうだな。では、こう書いてはどうかな。

このほど、私は愚かにも隣の万年屋が無人なのをさいわい、忍び入り、冒険をしているつもりでした。ところが、万年屋の人々が帰ってきて、泥棒として捕えられたことに動転し、自分は万年屋の女主人であるお作さまと密通していたかのように言い立て、罪をのがれようとしました。しかし、これは、まったく私の身勝手な嘘でございます。私とお作さまは何の関係もございません。また、私もいっさい盗みはしておりません。ただただ、自分の愚かさを恥じ、後悔するばかりでございます。万年屋と町内の人々に多大なご迷惑をかけたことを痛感しており、その責めは甘んじて受けるつもりでございます。

と、こんな具合だ。

今の文言に間違いはあるか」

「いえ、ございません」

「そうか、では、ここに書くがよい。字は書けるよな」

「はい」

重行が筆記具と紙を渡した。

余四郎が重行の文例をもとに、詫び状を書く。なかなかの達筆だった。

「それでよかろう。印形(いんぎょう)は持っているか」

「手元にはございません」

「では、爪印を押せ」

余四郎が指の爪先に墨を塗り、詫び状の署名のあとに押した。

これで、正式な詫び状となる。

「では、これから、みなの前に出て、嘘をついて迷惑をかけたことを謝罪するがよい。この詫び状は、万年屋に差し出すぞ」

重行がうながし、余四郎を立ち上がらせた。

これから全員の前で、余四郎がすべてを白状し、詫びることになる。行きがかり上、重行も最後まで付き合わざるを得まい。

家に帰るのは深夜になりそうだった。

（六）

右手に、小高い待乳山の緑が見えた。山上には、待乳山聖天宮が祀られている。

山上から隅田川とその流域を見渡す、その眺望は絶景と言われていたが、成島重行はまだ待乳山聖天宮に参詣したことはなかった。

（帰りに、余裕があれば、登ってみるか）

重行は待乳山に登ってみたい気もした。

早朝、重行は南茅場町を出立した。いま歩いているのは日光街道である。向かう先は、小塚原の仕置場だった。

重行が急に小塚原行きを思い立ったのは、先日の万年屋の騒動がきっかけである。

甲州屋の息子の余四郎に対し、獄門刑では、斬られた首は小塚原か鈴ヶ森の仕置場で獄門台にのせて晒されるなどと述べて心理的に追い込み、ついに自白させた。

しかし、あとで考えてみると、重行自身、小塚原にも鈴ヶ森にも行ったことはなかったのだ。

重行は内勤だったため、町奉行所の制度や手続きには精通していた。だが、実際の現場はほとんど知らなかった。

それに気づいた途端、重行は急に恥ずかしくなった。そして、とりあえず小塚原に行ってみようと思い立ったのだ。

重行が歩いて行くと、左に道が分岐していた。日本堤に通じる道である。

（日本堤を行くと、吉原だな）

日本堤ではなく、このまま日光街道を進まねばならないのが、なんとなく名残惜しい気になるのが自分でもおかしい。

新鳥越橋を渡って、山谷堀を越えた。

山谷堀を越えても、しばらくのあいだは日光街道の両側には商家や人家が建ち並んでいたが、やがて建物が途切れ、一面の田畑となった。

急に視野が広がり、吹き渡る風に揺れる稲穂がどこまでも続いている。あちこちで、ひらひらと蝶が舞っていた。鳥のさえずりも聞こえる。

重行は歩きながら、前方の左手に異質な場所があるのに気付いた。

（ああ、あそこだな）

とくに目立つ建物もない、草が生い茂ったただの荒れ地なのだが、周囲が手入れされた田畑だけに、その場所の異質さは目立っていた。

近づくと、街道に面して細長い石塔と、石造りの地蔵尊が立っているのが見えた。

（題目塔と首切地蔵だな）

かつて文書で読んで、重行は名称だけは知っていた。

街道に接した仕置場は、間口およそ六十間（約百九メートル）、奥行およそ三十間（約五十五メートル）で、およそ千八百坪の広さがあった。

周囲には低い柵がめぐらされていたが、たんに境界を示しているだけで、人の侵入を防ぐ意味はないようだった。

重行は仕置場に近づくにつれ、異様な臭いがただよってくるのを感じていた。

（獄門首が晒されているに違いない）

腐臭を発しているのだろうか。

気味悪さがつのるのは当然だが、好奇心が高まるのも事実だった。自分に怖いもの見たさの心理があるのは認めざるを得ない。

街道から仕置場の中に九尺（約二・七メートル）ほど入ったところに獄門台はあった。

道からわずか九尺しか離れていないのは、日光街道を行き交う人々から見えるようにするためなのは明らかだった。つまり、見せしめなのである。

重行は草を踏みしめ、獄門台の前に立った。

いっせいに、雀よりやや大きい鳥が飛び立つ。

獄門台には三十歳くらいの男の首がのっていたが、左目は黒い空洞だった。鳥がつついたのだろうか。

右目は溶けかかっているようで、粘液状のものが垂れていた。

首の周囲に、飯粒のような白い物がうごめいていた。よく見ると、蛆（うじ）である。

重行は、さきほど飛び立った鳥は、この蛆を狙って集まっていたのだと気づいた。

次の瞬間、重行の喉元に強烈な吐き気がこみあげてきた。

歯を喰いしばって懸命にこらえ、やり過ごす。

（何も食わなくてよかった）

重行は日光街道を歩いていて、途中、見かけた茶屋や蕎麦屋で何か食べようかと思ったのだが、やめておいた。もし腹に入れていたら、おそらくすべて嘔吐していたろう。

どうにか吐き気をやり過ごしたあと、重行はさらに奥に足を進めた。

街道から二十二間（約四十メートル）ほど奥まった場所に、柱を立てるための穴がもうけられていた。火罪（火焙り）と磔の刑を執行する場所である。

火罪や磔が執行される日、仕置場には多くの見物人が集まった。そうした見物人を目当てに、屋台店や物売りの商人も集まってきたほどである。

処刑を見物し、飲食を楽しむ。

醜悪な光景といえよう。

（しかし、わしも今日、獄門を見物にきたようなものだ。似たり寄ったりと言えような）

怖いもの見たさの心理や、野次馬根性は多かれ少なかれ、誰にも共通するものではなかろうか。

重行は、いまなお奉行所内で語り継がれている、百五十年以上も昔の「八百屋お七(しち)」の火罪を思い出した——

天和(てんな)三年(一六八三)、三月十八日、火罪と磔の判決を受けた六人の罪人が馬に乗せられ、江戸の町を引廻(ひきまわ)された。その中に、放火の罪で火罪の判決を受けたお七もいた。

引廻しの沿道には大勢の見物人が出て、まるでお祭り騒ぎだった。

このとき、お七は十六歳である。

お七は白羽(しろは)二重(ぶたえ)の小袖(こそで)、郡内縞(ぐんないじま)の大振袖(おおふりそで)を身にまとい、幅広の紫色の帯を締め、髪は島田に結い、蒔絵(まきえ)をほどこした玳瑁(たいまい)の櫛(くし)を挿すという、あでやかないでたちだった。

これは、両親がせめてものこの世の名残にと、小伝馬町の牢屋敷(ろうやしき)に差し入れたものだった。

三月二十八日、六人は馬に乗せられて、東海道(とうかいどう)沿いにある鈴ヶ森の仕置場に送られた。

このときも、沿道や仕置場にはお七の姿をひと目見ようと、大勢の人がつめかけた。

そのため、西から江戸に向かう旅人は鈴ヶ森の手前の茶屋で足止め、江戸から西に向かう旅人は品川宿(しながわしゅく)で足止めを食うほどで、東海道も通行不能になった。

処刑される六人のうち、お七を含む四人が火罪、あとのふたりは磔だった。

火罪がおこなわれ、薪が燃え尽き、煙もおさまったあと、四人の五体は黒ずんで膨れ、その色は烏の羽のようだった。とくに両手はパンパンに膨張していた。髪の毛はなくなって、みな坊主頭になり、顔は眼球が飛び出し、口はただれていたという――

仕置場から街道に戻った重行は、フーッと大きなため息をついた。全身が汗ばんでいた。

(さて、これから、どうしようか)

ここまで出てきて、このまま南茅場町に帰るのも、なんだかもったいない気がする。

(よし、千住大橋(せんじゅおおはし)を渡って、千住宿(せんじゅしゅく)を歩いてみよう)

重行はこのまま日光街道を進み、最初の宿場である千住宿を訪ねることにした。

しばらく歩くと左から、つまり下谷方面から来た道が日光街道に合流する。

やがて千住大橋を歩いて荒川（隅田川）を越えた。

橋の上から見ると、高瀬舟や荷舟がひっきりなしに行き交っていた。

（そうか、芭蕉の『奥の細道』の旅もここから始まったのだな）

およそ百五十年前の元禄二年（一六八九）、松尾芭蕉は門人の河合曾良とともに深川から舟に乗り、隅田川をさかのぼって、ここ千住大橋のたもとで下船した。そして、奥の細道に旅立ったのである。

重行は感慨を覚えた。

千住大橋を渡り終えてしばらく歩くと、街道の両側に建物が並び始めた。千住宿である。起点の日本橋からの距離は二里八町（約十キロ）である。

重行が歩いていると、一膳飯屋とおぼしき店があり、店先に立った女が声をかけて来た。

「ご隠居さん、名物の雀焼がありますよ。いかがですか」

「え、雀の焼鳥かい」

重行が驚いて問い返した。

女が笑う。

「いえ、雀焼といっても、鳥の雀ではありません。川魚の鮒ですよ」

「ほう、そうか。しかし、なぜ、雀焼というのか」

「食べてみればわかります。雀のかっこうをしていますから」

重行は話の種にも、食べてみる気になった。

さっそく床几に腰をおろし、飯と雀焼、それに味噌汁を頼んだ。

出てきた雀焼を見ると、鮒を頭をつけたまま背開きにし、串を打って山椒醤油で付け焼きにしたものだった。

頭と尾と鰭が広がって曲がり、小鳥を丸焼きにしたように見えなくはない。これが雀焼という名称の由来であろう。

その濃い味付けは、飯を進ませるにはもってこいだった。

隣の床几では、船頭らしき男たちがしきりに「千住女郎」の話をしていた。

千住宿の多くの旅籠屋は飯盛女と呼ばれる遊女を置いていて、事実上の女郎屋だった。千住女郎とは、千住宿の飯盛女のことである。

隅田川を往来する船頭にとって、千住宿に停泊し、千住女郎と遊ぶのは楽しみになっているようだ。

一膳飯屋を出たあと、重行は宿場のはずれまで歩いてみた。右に分岐する道があり、道標に「水戸佐倉道」と記されている。

（ほう、ここで水戸街道に分かれるのか）

重行は佐倉から水戸に行く道を見て何となく満足し、ここで引き返すことにした。

（七）

下女のお亀は途方に暮れていた。

薬種問屋の万年屋からは酒樽、紙問屋の甲州屋からは魚籠が届いたのだ。

先日の、甲州屋の息子の余四郎がしでかした騒動を、成島重行が円満な解決に導いたことへの礼である。

「ご隠居さま、どうしましょう」

「まあ、酒は呑めばよかろう。そなたも、呑みたいだけ呑むがよい」

重行は、隣の喜久市・お鈴夫婦に馳走してもいいなと思った。唐辛子屋のお糸の件では、ふたりに知恵を借りたからだ。

「魚はどうしますか」

竹で編んだ魚籠には、鯛や鰈、鯵などが詰められていた。

鮮度から言っても、お亀の包丁さばきから言っても、刺身はとうてい無理である。

「そうだな、隣のお幸に全部、進呈するがいい。お幸であれば、いろんな料理にくふうするであろう」

「全部ですか」

お亀はやや不満そうである。

重行が笑った。

「うむ、全部だ。ただし、煮魚にしろ焼魚にしろ、なにか魚料理を作ったら、ふたり分をこちらに寄こせと言うがよい。あとは、全部、商売に使えばよかろうよ」

「ああ、それはいいですね。お幸さんも喜びますよ。食材の魚がただで手に入るのですから」

お亀はうれしそうに言うと、さっそく魚籠をさげて、隣でお幸・お恵がいとなむ総菜屋に向かった。

突然、

「きゃー」

と悲鳴が聞こえた。

長屋では泣き声や怒鳴り声がするのはしょっちゅうだが、それらの日常の騒音とは異なる切迫した響きがあった。

路地を走る音がしたと思うや、竹田玄朴の家の前で止まった。長屋に住む、居職（いじょく）の職人である。

「先生、玄朴先生、雪隠（せっちん）で長屋のお乗さんが倒れています。ちょいと、診（み）てやってくださいな」

明り採りのため、入口の腰高障子は開け放していた。そのため、重行には向かい合った玄朴の家は手に取るように見える。

診察の途中だったのかもしれないが、玄朴はすぐに出てきた。下駄（げた）をつっかけ、総後架に向かうようだ。

続いて、路地のドブ板にどやどやと足音が響いた。騒ぎを聞きつけ、みな総後架に向かっている。中に、大家の三郎兵衛の姿もあった。

重行も気にならないではなかったが、野次馬の群れに加わるのはやや抵抗がある。それに、お亀がいないため、家を空っぽにするわけにもいかない。いわば、やせ我慢をして、家の中にとどまった。

しばらくして、数人の男が戸板をささえて歩いて行く。戸板にのせられているのは、お乗だった。

家の中にいる重行からは、お乗の表情などは見えなかった。

隣に行っていたお亀が戻ってきた。

ほぼ同時に、三郎兵衛が土間に入ってきた。そのため、お亀は口を開く暇がなかった。

上がり框(がまち)に腰をおろしながら、三郎兵衛が言った。

「ご隠居、お乗が死にましたぞ」

「さきほど、悲鳴が聞こえ、続いて玄朴先生が向かったのは知っていましたが、死んだのですか」

「玄朴先生の診立てでは卒中です。しゃがんで用を足そうとしたところで、倒れたようですな。

次の人間が扉をあけたところ、中でお乗が倒れていたそうで、びっくりして、思わず悲鳴を上げたのでしょう」

総後架の個室の扉は半扉なため、中で人がしゃがんでいると、外から頭が見える。

ところが、お乗は倒れていたため外からは見えず、次の人間は無雑作に扉を開けたのであろう。

すると、お乗が倒れていたわけだった。裾(すそ)はまくり上げていたのか、それともおろしていたのか、重行はやや気になったが、質問は遠慮した。

「倅の吉五郎は今ごろ、何も知らずにどこやらの板屋根に登っているでしょうがね。仕事から戻って、びっくりするはずですぞ。

そうそう、こういう場合、付き合いのあるなしにかかわらず、長屋の人間は香典を出すのが決まりです。よろしいですか」

「はい、もちろんです」

長屋の全世帯から香典をもらえば、どんな貧乏人でも最低限の葬儀はおこなえる。いわば相互扶助であり、裏長屋に住む人間の知恵と言えよう。

三郎兵衛が話題を変えた。

「そういえば、長屋で今朝、版木の彫師をしている夫婦に赤ん坊が生まれましてね。あたしは朝から、産婆がなかなか来なくて、やきもきしましたぞ。まあ、無事に生まれたのですがね。

出産が無事終わったかと思うと、次は葬式です。何たる日だ、と思いますな。

しかし、大家としては知らぬ顔はできませんしね」

「大家という稼業も大変ですな」

「しかし、ひとり生まれて、ひとり死んで、帳尻は合いますな」

三郎兵衛は妙な計算をして、ひとり納得し、

「ともあれ、これからお乗の葬儀ですな。早桶を手配しなければなりませんぞ。あとで、香典を集めにまわります」

と、立ち上がった。

＊

「愚息余四郎の件では、お世話になりました」

と、挨拶しながら顔を出したのは、甲州屋の主人の徳右衛門だった。

面やつれが目立つが、その後も気苦労が続いているのであろう。

重行に向かい合って座るなり、徳右衛門はすぐに本題に入った。

「親類縁者が集まり、余四郎の処遇を話し合ったのですがね。最悪の場合は勘当なのでしょうが、そこまでしなくてもよかろうとなりましてね」

「うむ、わしも、勘当まですることはないと思いますぞ」

重行も勘当には反対だった。

勘当すれば、若い余四郎の将来を完全に閉ざしてしまう。大事なのは、余四郎に

反省させ、甲州屋の跡継ぎを自覚させることであろう。

「しかし、やはり甲州屋として、きちんとしめしをつけなければ、万年屋や俵屋新右衛門さんに顔向けができません。

　親類のひとりが、頭を丸めさせ、一年ほど、寺で修行させてはどうかと言い出しましてね。もちろん、出家させるわけではありませんが。

　今思うと、あたしも余四郎を甘やかしてしまったと反省しておるのです。おそまきながら、他人の釜(かま)の飯を食わせ、苦労をさせるのが、とりあえずよいのかなと思っておるのです。

　ご隠居、どうでしょうか」

「寺で修行ですか。悪くはないと思いますが……。今、余四郎どのはどうしているのですか」

「禁足といいますか、謹慎といいますか。甲州屋に閉じ込めております」

「さようですか。

　寺で修行ですか……長い廊下を雑巾(ぞうきん)で拭(ふ)き掃除をしたり、経文を唱えたりしたからといって、さほど人間が鍛えられるというものでもありますまい」

「はい、あたしも、寺で修行させるというのも、ちょいと芝居がかっている気がしましてね。それで、ご隠居のお考えをうかがいたかったのです」

「では、武家屋敷で一年ほど、中間として奉公させてはどうですか」

重行の頭に浮かんだのは余黄である。

日高家で中間奉公をさせるのだ。

当主の日高伝十郎は北町奉行所の与力である。奉行所への行き帰り、余四郎は挟箱などを肩にかついで従うことになろう。

武家屋敷の奉公は、武士の理不尽に耐えねばならない。

余四郎が「もう、武家奉公はこりごりだ。商人として大成しよう」と決心すれば、成功なのではあるまいか。少なくとも、武家奉公に幻滅する分、実家の甲州屋の仕事に真剣に向き合うようになるかもしれない。

「ほう、お武家屋敷ですか。それは思いもつきませんでした。

たしかに、お武家屋敷はきびしいですから、余四郎を鍛え直すのにもってこいかもしれません」

徳右衛門は乗り気になっていた。

親類縁者はみな商人なので、武家屋敷の奉公など誰も思いつかなかったのかもしれない。

「しかし、ご隠居、適当なお屋敷がございますか」

「わしに、心あたりがあります。打診してみてもよいですぞ。

ただし、無給ですぞ。もちろん、三度の飯と寝る場所はあたえられますが。

また、武家屋敷では奉公人に不手際（ふてぎわ）や無礼があった場合、主人に手討（てうち）にされても文句は言えません。そんな場合、お手前は屋敷に呼び出され、

『無礼があったので手討にいたした。倅の死体を引き取れ』

と言い渡され、それで終わりです。

よろしいですか」

一瞬、徳右衛門がひるんだ。

だが、すぐに思い直したようである。

「はい、それこそ、お願いしたいところです。倅にも、お武家屋敷のきびしさは言い聞かせますので。倅も覚悟してご奉公するはずです」

「そうですか。では、当たってみましょうか」

ともかく、父親からは無給の条件を取り付けた。

日高家でも、無給でよいと言えば、喜んで雇うはずだった。

「ご隠居には、重ね重ね、お世話になります」

徳右衛門の顔が晴れ晴れとしている。

関係者一同に、息子に厳罰を下したと胸を張って言える処分なのであろう。自分の顔も立つと考えているに違いない。

徳右衛門が帰っていったあと、風に乗って赤ん坊の泣き声が聞こえて来た。聞き慣れている、向かいの竹田玄朴の家の赤ん坊の声とはやや違うようだ。

三郎兵衛が言っていた、彫師夫婦の赤ん坊の声なのかもしれない。

(ひとり死んで、ひとり生まれた……)

重行は、三郎兵衛の計算は意外と含蓄に富んでいるのかもしれないと思いいたった。

こうして、世の中は続いていくのではあるまいか。

(さて、これから八丁堀に出かけようかな)

重行は日高家に余黄を訪ねるつもりだった。

もし余四郎を中間として雇ってもらうとしたら、あらかじめ余黄にすべてを打ち明けていた方がよい。余四郎の仕出かした愚行についても包まず話し、その上で了解を得るべきであろう。

ふと、余四郎が書いた詫び状を思い出した。

重行が述べた文例を手本にしていたとはいえ、なかなかの文章力だった。余四郎はかなり本も読んでいるに違いない。

（春本を愛読しているのはたしかだな）

重行はクスッと思い出し笑いをする。

日高家で中間奉公をすれば、余四郎はたんに雑用だけでなく、余黄のよき話し相手になるかも知れなかった。

（では、途中、久しぶりで俵屋に顔を出すかな）

天保銭を秘武器として用いるため、お俊がどんな稽古をしているのか、気になっていたのだ。まさか、突拍子もない工夫をしているのではあるまいか。

お俊が大真面目に独り稽古をしている姿を想像すると、心配と同時に愉快でもある。

本書は書き下ろしです。

# ご隠居同心

## 女湯の喧嘩

永井義男

令和5年 10月25日　初版発行

発行者●山下直久

発行●株式会社KADOKAWA
〒102-8177　東京都千代田区富士見2-13-3
電話　0570-002-301(ナビダイヤル)

角川文庫 23864

印刷所●株式会社暁印刷
製本所●本間製本株式会社

表紙画●和田三造


ISBN 978-4-04-113660-7　C0193

◇◇◇